［日］**青山七惠**

著

吕灵芝

译

我们的家

湖南文艺出版社
HUNAN LITERATURE AND ART PUBLISHING HOUSE　博集天卷
CS-BOOKY

私の家

目录

家庭菜园

私の家

梓看见地上有条蚯蚓，盘踞在杂草根部。

她凑过去，将杂草推向一边，但是蚯蚓没有动。她又吹了口气，晃了晃草叶，甚至用镰刀敲了敲地面，蚯蚓仍旧没有反应。她在这片杂草丛生的家庭菜园里，能看见的只有鼠妇、蚱蜢、小毛虫，还有又细又短的红褐色蚯蚓。只要随便拨开密集的草丛，总能发现那些小生物在裸露的土地上慌忙蠕动跳跃，或是猛地缩起身子，然后战战兢兢地挪动起来。可是现在，她眼前是一条铅笔般粗长，一如昆虫图鉴中描绘的大蚯蚓。蚯蚓表面浮现出清晰的节肢线条，蒙着一层淡褐色的泥土。末端颜色稍浅，也比较粗，就像卷在海带里的葫芦干。

从她走进院子里，邻居家排水槽上的知了就吱吱地没有停歇过。随着日头渐渐升高，家庭菜园的阴影越来越窄，梓也跟着挪动位置，离知了越来越近。现在，她跟这条一动不动的蚯蚓一块儿，缩在最后一小片影子底下。小时候，每当下完雨放晴的早晨，她上学时总能看见被汽车轧扁的蚯蚓，或是在热浪滚滚的盛夏，看见被太阳烤干的蚯蚓。正因如此，现在她看着如此丰满圆润，舒服地躺在湿润的草丛中，可是一旦正午来临，就有可能一命呜呼的生命，心情难以振作。不过蚯蚓平时都生活在有泥土的地方，相比柏油路面，悄然躺在无人注意的泥土中死去的蚯蚓想必更多。她呆呆地想："我不能太惊讶。"除却蹦蹦跳跳的蚱蜢和将来会变成飞蛾的毛虫，她在这里碰到的小生命，只要不被鸟雀猫咪捕食，或是被大雨冲走，便都要在这家庭菜园中死去。这才是自然之理。尽管如此，她还是心有不甘。她想，这是条虫，怎么会如此轻易死去呢。她感觉，屁股下冰冷的泥土世界渐渐迷惑了她的心。

"梓！"

家里传来母亲的呼唤。梓放掉手上的草叶，轻轻盖住蚯蚓，随即往后坐了一点，又一动不动地等了三分钟。

"梓！过来！"

她再次拨开草叶，蚯蚓已经不见了，只剩下干燥的泥土。

她打开家门，见到母亲拿着一个黑色长条物体，从直通厨房的走廊深处朝她走来。母亲穿着面料纤薄、走起来沙沙作响的短裤和修身 T 恤。二十七岁的梓胳膊细瘦，缺乏起伏，明年就进入花甲之年的母亲手臂上却能看见明显的线条，也许能毫不吃力地拎着四五个小孩子走路。

"把这穿上。"

母亲递过来一件胸口装饰着小蝴蝶结的黑色涤纶连衣裙。梓摘下草帽和手套，用毛巾擦干全身的汗水，走上换鞋区。母亲粗手粗脚地帮她换上了衣服。这件将近四十年前买的丧服早已包不住母亲的身体，但是在女儿身上又过于宽松。

"哎，有点大了呀。今天先这样应付过去，过后你自己买件合身的。"

"嗯，鞋呢？"

"鞋？你没带来吗？"

"没有。"

"到那边找找。"母亲用下颌示意了旁边的收纳柜，"应该有黑鞋。妈要去上班了。"

"这就去了？"

"我回来前一定要准备好。"

母亲拎起挎包，走出了敞开的大门。屋外传来咳嗽般的引擎声，下一个瞬间，汽车便上了路，将这片住宅区抛在身后。

她打开双门收纳柜，一股旧鞋的气味扑鼻而来——皮鞋、运动鞋、沾着泥点的雨鞋、扁平的凉鞋、散步鞋。这些都是爸妈的鞋子，不过最下层的角落里有一双鞋底对着鞋底放置的乐福鞋，那是梓上高中时最喜欢的春田①制服鞋。虽然鞋子是褐色的，但只要光线够暗，倒也能看成黑色。她拿出鞋子试穿了一下，本以为会穿不上，但脚

---

① 春田，外文名称 HARUTA，日本知名鞋企品牌，在日本中学生定制鞋市场上享有极高的份额。——编者注

丫一下就放进去了。不仅如此，连这双鞋都有点宽松，仿佛也不是她自己的。

她拿起鞋架上的鞋油，把鞋子擦得锃亮，然后穿了出去。她只在屋里待了这么短的时间，家庭菜园的影子就已经完全消失了。刚拔下来的青翠草叶仿佛重新生了根，裸露的泥土沐浴在盛夏的阳光中。

姐姐站在转盘前方，没有穿丧服。

"我来晚了。"

她满不在乎地说完，将大纸袋扔到后座上，一屁股坐了进去。

"好热，好热，光站着就一身汗了。"

梓拿起压扁的纸巾盒递给姐姐灯里。灯里抽出好几张白纸，贴在汗湿的皮肤上。被汗水冲掉的睫毛膏全都堆在了下睫毛上。

"灯里，"母亲在副驾驶席转过头说，"你的丧服呢？"

"我带了，在这里面。"灯里打开纸袋给她看。

"那你赶在到达前，先在车上把衣服换了。"

"啊，在这里？那等我把汗吹一吹。"

"很快就到了，赶紧换。"

"很快到不了。"驾驶席的父亲插嘴道，"起码三十分钟，有可能更久。"

"我们已经迟到了。梓，你帮帮忙。"

梓从纸袋里拿出丧服，拉开背后的拉链，递给姐姐。灯里不情愿地脱掉T恤，套上丧服，然后脱掉了原来穿的长裙。纸袋底部还有一团宛如黑色墨迹的丝袜，梓也拿起来递过去。姐姐脱掉凉鞋，先后套上丝袜，接着"哼哼唧唧"地在狭窄的后座上扭动身体，将丝袜拉到了腰上。梓在旁边看着她灵巧的动作，心中不禁感叹："好像蚯蚓一样。"灯里把脱下的衣服塞过来，让梓叠好。只是换上了黑色衣服，灯里的脸就突然成熟了很多，宛如小孩子在假装大人。梓叠好姐姐塞过来的裙子和 T 恤，装进纸袋里。

"啊，糟糕，忘了鞋子！"灯里大喊一声。

"啊？"母亲夸张地皱起了眉。

"穿凉鞋肯定不行吧？寺院里有没有应急用的鞋子？"

"不知道啊，应该有吧。等到了你自己去问。"

灯里不太紧张地答应了一声，接着跷起脚，隔着薄丝袜抠起了脚趾。然后，她又张开十根脚趾，先往后掰，继而伸直，最后紧紧缩起。

"应该在这里右转吧。"

母亲开口时已经晚了，父亲没来得及打方向盘。

"啊，开错了。"

"没关系，在前面拐弯就好。"

"掉头更快吧？"

"不用，前面不远就有路。"

"听说遇到这种情况，马上掉头最好。你瞧，前面的便利店停车场就能掉头。"

两人争论时，再次错过了转角。

最后，他们到达菩提寺时已经迟到了二十分钟。母亲在前面带头，四个人快步走向正殿。隔着昏暗的玻璃门朝里看，似乎没有人。梓已经开始出汗，扯着丧服胸口的布料，不断给自己扇风。

"你看见没，你看见没？"

正在做同样动作的灯里突然凑了过来。

"啊，什么？"

"你瞧，鼻子下面。"

她凑过去，发现姐姐的人中部位沁出了细密的汗珠。

"我一感到热，鼻子底下就会出汗，这应该是体质问题吧。看起来好蠢哦。"

父亲拿起便携烟灰缸抽起了烟。正殿隔壁的房子传来一声招呼，转头看去，母亲的姐姐纯子姨妈正在朝他们招手。

"啊，姐！"妈妈也挥了挥手，"在那边吗？"

他们跟着纯子姨妈穿过昏暗的走廊，走进作为休息室的日式房间。里面摆着一张红褐色的雕花长桌，道世婆婆独自坐在一端捧着茶水。这个人是去世的外婆的妹妹，所以梓应该叫她姨婆。母亲在她旁边落座，问了一句："姨妈，你好吗？"屋里没开空调，但是很阴凉。父亲拿起热水瓶冲了茶。纯子姨妈拍了拍母亲，低声说道："祥子，我们谈谈布施金的事情。"母亲应道："啊，布施金？"随后站起来，跟姨妈嘀嘀咕咕地说起了话。

"没有啊。"灯里消失了一会儿又走回来，"寺里没有鞋子。"

虽然没人来喊，他们还是陆陆续续地穿过昏暗的走廊，移步到正殿。

大佛正对的空间摆了两边各三排圆形金色矮凳，身穿紫色袈裟的僧侣引导女客和男客分别落座。女方靠近大佛一侧是道世姨婆的座位，随后纯子姨妈、母亲、灯里和梓依次落座。父亲独自坐在对面，神情严肃地展开了折成风琴褶的《般若心经》。开始念经后，梓也跟着做起了嘴型。曾经跟他们一起住的奶奶每天都会坐在佛龛前唱诵《般若心经》，梓偶尔模仿，奶奶就会夸她。梓七岁那年，奶奶就去世了。这回去世的则是外婆。外婆一直住在东京，两家离得不远，只要想见，当天就能过去。尽管如此，梓还是没怎么跟外婆相处过，所以没多少回忆。

六月举办葬礼时，没什么人过来吊唁，只有两位东京来的女性，还有从茨城赶过来的亲戚，都跟外婆年龄差不多。母亲娘家的墓地在菩提寺，正好位于梓最近住的东京公寓和关东北部的乡下老家中间。那天梓决定管电话客服中心的同事借丧服，就没有回老家，而是直接参加了守夜。

她还记得外婆躺在棺木中，闭着嘴，眉间挤出了深深的皱纹。在母亲的指示下，姐妹两人抬起外婆的小腿，包上了护腿。外婆的腿又细又轻，隔着柔软而冰冷的皮肤仿佛能直接摸到骨头。她系不好绳子，忙乱了一番，心中很是羞愧。梓依稀记得外婆是个很难相处的人，总会毫不客气地责备她的笨拙。第二天火葬拾骨时，母亲和纯子姨妈都哭了。吊唁的客人也都静静地流下了眼泪。不知为何，梓想象起了这些人小时候与外婆一道，在他人的葬礼上追逐打闹的场景。后来，她穿着丧服回到东京家中，看见身穿运动服躺在沙发上的恋人，心情一松懈，眼泪也跟着冒了出来。那天深夜，他们分手了。

法事结束后，他们前往车站附近的酒店，参加既不算午饭也不算晚饭的聚会。

纯子姨妈没有预约正对大路的餐厅，而是包了一个小宴会厅。前方有个小舞台，厅里摆着四张圆桌，只有一张餐桌上备着餐巾和空盘。门口有一张细长的桌子，摆着许多啤酒和橙汁，俨然是活动奖品。

两人一组的送菜员走进来，端上两盘凉拌海蜇，又走了出去。菜吃完后，隔了一会儿才上下一道。

"这样根本没有吃饭的感觉。"

好不容易等来第二道炒青菜，送菜员离开后，母亲抱怨了一句。

"就是啊，好像小鸟等爸妈投食一样。"

纯子姨妈的盘子早就空了一半。

"这么点菜，几口就吃完了，还不如把做好的都端上来。"

"妈吃饭也很快。不管是鱼还是肉，我们还在吃，她就一扫而空了。我觉得她肯定不嚼，而是像鳄鱼一样，胃里装着研磨食物的石头。"

梓想起了去世前两个月躺在病床上的外婆。她看起来一点都不像鳄鱼。外婆脖子上扎着很粗的管子，两手被皮带固定，右手扎着一条细管子，连向挂在枕边的药水袋。据说外婆胃里也扎了管子。

那天母亲俯身凑到外婆耳边，大声说："妈！梓！梓来啦！"梓探头过去，进入外婆半睁着眼的视野。"唉，好热啊。"母亲擦了一把额头的汗水，"妈，你热吗？不热？热不热？"突然，外婆的嘴里发出了响声，好像硬糖滚动的声音。母亲说，那是假牙在响。

"啊？不热？热不热？"

咔啦咔啦……咔啦咔啦……

现在她眼前的圆盘，只要一有人转动，也会发出咔啦咔啦的声音。

"要是爸妈死了……"

姐姐凑过来耳语，梓被吓了一跳。

"应该是我这个长女当丧主吗？"

"应该是。问这个干啥？"

"我做不来这个，你做吧。"

"如果姐姐还活着，却由我当丧主，有点奇怪吧？"

"既然这么说，今天的法事也不应该由纯子姨妈安排，而是博和舅舅啊。"

"那倒是……"

"母亲的葬礼和头七都不来，这也太过分了吧？他难道已经不把自己当家人了？真不敢相信。"

博和舅舅对姐妹两人来说，是个"几乎不存在的舅舅"。他是母亲和纯子姨妈的兄长，但已经二十多年杳无音信了。灯里和梓出生时，舅舅好像来看过她们，可是姐妹俩当然都不记得舅舅长什么样子了。

"通知不到博和舅舅吧。"

"那倒也是。你不觉得妈妈和纯子姨妈都很奇怪吗？一点都不提他。"

"提一个不在的人有什么意义啊……"

"连梓都这样说。我们这个家族对这方面有点冷淡呢，冷漠家族？"

姐姐的声音越来越大，梓连忙比了个噤声的手势。门开了，送菜员端来几个大汤碗。打开盖子，热气顿时冒了出来。"啊，我喜欢这个。"姐姐看到，马上伸手拿起了音符形状的汤勺。

"别看碗这么大，装的东西并不多。"

送菜员离开后，母亲又开始抱怨。鸡蛋汤温热甘甜，十分好喝。梓看了一眼姐姐，她鼻子底下又沁出了汗水。

"不过我觉得啊……"姐姐注意到她的目光，又凑了过来，"等我死了，应该是亚由当丧主。一想到这个，我就觉得她好可怜。我不想让她做这种事。"

"可是，必须要有人做啊。"

"所以梓也给我当丧主吧。"

"为什么你一直纠结丧主这件事啊？"

"因为我不想当丧主啊。"

姐姐突然噙着眼泪，不再说话了。道世姨婆坐在桌子另一头，面无表情地看着她们。虽然不知道姨婆在想什么，但可以肯定，那绝对不是这两个姑娘真好看、真可爱的目光。梓垂下眼睛，用餐巾擦掉落在白色桌布上的鸡蛋汤。她觉得这种尴尬的气氛有点熟悉，外婆以前好像也用这种眼神注视过她。应该是在她们小时候，母亲带她们到东京，她跟姐姐抢什么玩具打起来的那次……

梓拿起啤酒一饮而尽，对姐姐说了声"洗手间"，起身离开了餐厅。走廊上的半圆形窗户透入白光，制服鞋不跟脚，磨得脚跟有点痛。尽头那扇窗能看到市民公园茂密的草木。她掏出手机查看时间，发现前男友发来了邮件。鸡蛋汤温暖过的胃部顿时一阵冰冷。

她知道不该把死去的人和终结的恋情混为一谈，可是外婆的死和她的离别几乎同时发生，在梓的记忆中奇怪地纠结在了一起。"把这个房子退了，我们各自找新住处吧。"她尝试想起对方听见这句话时的反应，脑海深处却不由自主地重现了外婆冰凉的小腿。那种冰凉不仅渗透了他那晚的表情，还溯流而上，渗透了与他一起的生活，以及第一次见到的他。现在，前男友的面容已经被深深锁在了抬起外婆细瘦小腿的那一瞬间。

邮件没有文字，只有标题为"账单"的附件。她打开一看，里面是密密麻麻的哥特体字符，标明了上个月电费和煤气费的明细，从两人共有的账户中扣除合计金额后的余额，以及将余额分为两份的金额。

三万一千二百零八日元。

已汇入个人账户，请确认。

如无问题，无须回复。

吃过素面和番茄做的晚餐,一家三人啃起了西瓜。父亲在一旁问她什么时候回东京。

"嗯,过几天。"

"过几天?"母亲朝着报纸吐出西瓜籽,"过几天是几天?"

"再待两三天吧……"

"待这么久没问题吗?工作呢?"

"嗯,没问题。反正很多人……"

"打零工固然轻松自在,但你也该找份正式工作稳定下来了吧?"

"不是打零工啦,我也算是合同工……"

"你还可以永久就职。"

听了父亲的话,母亲皱起眉。"哈?现在连老古董都不说那种过时的话了吧?"

梓抠掉西瓜上的籽,撒了一点盐,一口气吃到只剩白边。她和父亲前方都摆着好几块啃得特别薄的西瓜皮。包括不在这儿的灯里,他们三人吃西瓜都必须啃到靠近表皮没有味道的部分,否则就不过瘾。

"要是你还不回去,明天去看看道世姨婆吧?她今天说想送你和服,让你过去一趟。"

"明天?明天我想待在家里……"

"是吗?道世姨婆也是的,既然要送,为何不今天拿过来呢?或者可以请人送过来呀。不过你姨婆很小气,肯定不会花自己的钱请别人拿走自己的东西。"

梓点点头，突然感觉身后又出现了隔着圆桌看到的冷漠视线。

"先不说那个了。"母亲突然压低声音，"你说，有什么理由能把露营的重要性放在外婆的法事前面？"

"啊？什么？"

"灯里啊。她老早以前就知道今天是你们外婆的头七，肯定要跟纪幸说好吧？这种事情就该一家人商量，安排好时间嘛。"

"话是这么说。"父亲接话道，"不过亚由一直很期待露营。"

"所以说啊，不是应该趁孩子还小，就教育她法事和露营哪个更重要吗？"

父亲用纸巾擦了擦嘴，起身去厨房拿来了奶酪饼干。

"灯里在这方面太不讲究了。你看她今天迟到这么久，还没穿丧服，最后还一直穿着凉鞋。我们家也就算了，要是她在纪幸那边的红白事场合这么干，那边的亲戚肯定不高兴。按照灯里那种性格，她恐怕都不会发现亲戚的反应。"

梓和父亲都没有答话，默默地啃着饼干。他们吃完了一袋饼干，母亲还是一脸不爽快，兀自啃着西瓜。母亲跟父女三人不一样，会剩下整齐的五毫米红边，然后就不吃了。以前，母亲经常戏称父女三人是"野蛮人"。

"我还是给灯里打个电话吧。这种事应该好好教育她。"

梓点点头，双手放在榻榻米上撑住了身子。她感到鼻子底下沁出了汗水，朝着院子的大窗外不时吹进一股温热的风。父亲站起来，走进厨房吸烟。

"妈，你不热吗？"

"啊？不热。"

母亲把西瓜皮扔进大碗，又拿起最后一块。

"我好热，能不能开空调？"

"外面不是有风吗？东京到处都开空调，跟冰箱似的。那样不好，自然风才最好。"

"你们不开空调吗？"

"开着窗就很凉快啊。太依赖空调体质会变弱。"

"不开空调怎么行，中暑其实很可怕的。你可能觉得没什么，可是严重起来有可能要被救护车拉走呢。"

"就是因为体质弱才会中暑。"

"就是你这种死撑着不重视的人，才会突然倒下。"

"你要是热，就去泡冷水澡。"

母亲低着头，鼻子底下也布满了细密的汗珠。

梓站起来走出起居室。她不想被父亲叫住，就绕开厨房，穿过了没有亮灯的走廊。好热，太热了，她实在受不了，忍不住想念幡谷的宽敞公寓。那里的客厅和卧室都有空调。因为养了仓鼠，即使两人不在家，他们也会开空调保持舒适的温度。

开始同居时，他们在康兰家具店①买了手感光滑的不锈钢杯当

---

① 康兰家具店，外文名称 The Conran Shop，英国知名家具设计品牌，在世界各地拥有众多实体店。——编者注

刷牙杯，现在，梓却拿起了幼稚的虎斑猫杯子漱口刷牙。"喂，灯里？"起居室传来母亲中气十足的声音，"我跟你说，今天做法事的时候……"

梓穿起凉鞋，走了出去。

拐过以前负责组织附近小孩一起上学的野坂英里家，就是妈妈开了英语培训班的乾恭子家，再往前走就是嘴角总有一点白色口水印的山岸稔家。山岸家窗口挂着苦瓜色的窗帘，里面传出电视机的声音。这一带是三十年前退耕后新建的住宅区，以前几乎每家都是父亲外出工作、母亲操持家务、家里有两三个孩子的。包括梓的父亲在内，那些外出工作的父亲大部分都在邻市的电器零件公司就职。梓惊讶地发现，自己无论经过哪座房子，都能张口说出那家孩子的名字。她一直走到住宅区的尽头，远处是利根川的堤岸，眼前是一大片大和芋田。

如果是白天，夏季的大和芋田会在阳光下随风摆动，宛如一片绿色的波浪。可是在夜空下，它们就成了一个个黑色的土堆。梓蹲下来，轻触叶片，发现有点湿润。她又拨开茂密的叶片，轻触底下的土壤，指尖深深插进柔软的泥土中。底下有蚯蚓吗？她勾起手指，细细摸索，很快触碰到了一个坚硬的东西——是芋头。她又伸展手指，摸索着凹凸不平的轮廓，不由得想起外婆冰冷的小腿。

阳光透过窗户，倾洒在床上。床边只有一张早已见不到书本、卷笔刀和铅笔盒的学习桌，还有一个压扁的大旅行袋。一觉醒来，她已经全身汗湿。现在已是十二点多了。

走进起居室，母亲叉开双腿站在榻榻米上，正在做哑铃体操。梓走进厨房接了杯水，一边喝水，一边注视着母亲的身影。

每个哑铃重三公斤，外表是浅蓝色的，把手卷着蓝色橡胶带。将近二十年前，母亲还在邻市当初中当体育老师时，由于担心中年肥胖，特意打电话订购了这对哑铃。根据哑铃附带的说明书，只要一天运动二十分钟，三个月后肯定能减肥成功。然而母亲为了保证效果，每天早晚都会拿起哑铃做运动。由于坐骨神经痛不断恶化，母亲提前退休了，但是直到现在她还拥有壮硕的肩膀和胸肌。按照本人的说法，这都多亏了哑铃体操。上小学时，梓也经常靠坐在起居室的墙壁上，注视着母亲的背影，心中感叹："说明书上写了做一次就好，妈妈却要做两次，真不愧是我妈妈。"如今过去了将近二十年，哑铃的颜色已经脱落，随处可见冰冷的铁色，让梓感到嗓子眼和胸口都有点难受。

"生活啊——"

母亲突然回过头说。

"就是积灰。"

母亲对着一脸呆滞的女儿，又说了一遍："生活就是积灰。"她手握哑铃，抬到肩膀高度，然后继续抬高，直到双臂对向天花板。梓走向方形矮桌，坐在了角落里。

"你外婆经常这样说。"

母亲把哑铃放在藤椅上，自己则仰天躺了下来。

"其实我也是听姐姐说的。"母亲说着，弯起右腿膝盖，向外侧扭转，"我没有多少跟妈妈一起生活的记忆。"

啊，开始了……梓心里想着，默默叹了口气。梓还小的时候，只要跟母亲单独待在一起，母亲就会突然说起外婆的事情。哪怕一开始说的都是平凡的小事，最后必然会越说越气。

"但那也没办法，因为姐姐生病了，我又处在正需要照顾的年纪。我当妈之前一直都不懂，现在明白了，真的没办法。再说伊锅家的外公外婆，还有阿道都对我很好。"

"道世姨婆很好吗？我上回见到她，觉得有点吓人啊。"

"她一点都不吓人，虽然不爱说话，但一直很和蔼，像个大姐姐。阿道经常陪我玩，我又交到了很多朋友，所以那段时间很快乐。"

"原来很快乐啊。"

"那当然快乐啦，因为我还是个孩子嘛。每天都玩得很起劲，有时候捉迷藏，有时候钓小龙虾。"

"真快乐。"

"是很快乐。"

只要母亲说自己快乐，无论那是多久以前的快乐，梓都会感到安心，或者说，越是母亲幼年时的快乐，梓就越感到安心。所以，只要母亲提起过去，梓就会尽量帮她回忆起快乐的事情。然而，母亲说着说着热情就会渐渐冷却，变得像个被抢走了玩具的孩子。梓也就再也说不出什么了。

"可是你外婆一句对不起都没说过。"

"嗯。"梓点点头。

"我不恨她，可心里就是放不下。"

"也对啊"——梓咽下了这句话。从小她就听母亲提起过几次，母亲刚出生不久就被送到了茨城的外公外婆家，在那里一直生活到上小学。每次她问为什么，她妈妈都会说出不一样的理由。有时候是奶奶身体不好，有时候是忙着照顾两个大孩子（特别是博和）。梓和姐姐一直跟父母生活在一起，所以她不太明白母亲心中放不下的究竟是什么。但是，那个"什么"一定贯串了出生不久就被迫离开母亲，后来再次回到母亲身边一起生活，直到长大离家，认识了结婚对象，让母亲看到外孙女的脸，为母亲清洗病房的污物，最后给她送终的漫长时光。因此，梓无法像听到天气预报那样，轻易地回答"也对啊"。

母亲哼了一声，用力伸展四肢，然后站了起来，走过去坐在梓的对面。

"今天晚饭想吃什么？"

"嗯，随便。"

"再过一会儿我就去买菜，你想去吗？"

"嗯……"

"不换衣服吗？"

"要换。"

"今天准备干点什么？"

"没什么想法……再去拔拔草吧……"

"明天回去对吧？几点？"

"嗯……"

"吃了晚饭再走吧，让爸爸送你到车站。好，开始行动！"

母亲转身离开，不一会儿就听见走廊传来吸尘器的声音。母亲拉着吸尘器，如同暴风般在房子里转了一圈，最后来回吸了几遍起居室的榻榻米，拔掉插头，用脚趾按下了吸尘器上的收线开关。长长的电源线气势汹汹地倒退回来，最后啪的一声，插头卡在了进线口。完成这项工作后，母亲换了件 T 恤，出门买菜去了。

家中重归寂静。梓没有洗脸，也没有换衣服，只在身上喷了一道防虫喷雾，便走到了院子里。在砖墙隔开的家庭菜园外侧，正对大路的围墙脚下长了一片芝麻菜，它们沐浴在阳光中散发出炒芝麻的香气。她蹲下来，深吸了一口香气，感觉自己一边吃沙拉一边消了毒。随后，她又坐在家庭菜园里，拔了十分钟杂草，然后回到屋里，把起居室的冷气调到二十二摄氏度，进浴室冲了个澡，躺在凉爽的房间里查看一周天气预报。就在那时，母亲开门进来，突然大喊一声，把她吓了一跳。

"不准一个人开空调！"

梓回家已经三天了，心里早就有所预料。自从九年前离开家，梓每年正月才回来一趟。母亲刚看到她通常会很高兴，但是到了第三天，就会开始对她这个什么都不做的客人，或者说顶着"女儿"头衔的客人，或者说顶着"客人"头衔的女儿发脾气。尽管没什么心情，梓还是穿好了衣服，拽出自行车骑向大路。

梓推开"鸦"的磨砂玻璃门，坐在狭窄吧台里的女掌柜抬头招呼道："哎，小梓来啦。"一对跟女掌柜年龄相仿的男女坐在吧台，手上都夹着香烟。

梓说了一声"下午好"，走到角落的座位上。女掌柜拿来了可乐和玻璃杯，收下她一百日元。初中和高中时代，她几乎每天都跟"鸦"掌柜的独生女小雪坐在这个座位上，点一瓶一百日元的可乐聊天。前天她时隔九年打开店门，希望在里面见到小雪，女掌柜既没有感到惊讶，也没有流露出高兴的表情，而是跟以前一样，抬头说了声"哎，小梓来啦"。不知为何，柜台墙上那台有点歪的小电视正在播放《泰坦尼克号》。梓很快就想起，以前她跟小雪就在房间里一起看过这部电影的DVD。她还记得小雪盘腿坐在地上，捧着笔记本记下自己能听懂的英语单词。现在，小雪已经搬去新潟县，成了高中英语老师。

她一边擦汗一边喝可乐，突然感到吧台有人在看她。接着，她又听见女掌柜说："那是小雪的朋友。"梓本想假装没听见，但是男人主动问道："回来探亲？"那人看起来有五十多岁，身上的短袖Polo衫松松垮垮，下摆也特别长，有点像幼儿园小朋友穿的罩衫。

"是的。"梓轻轻点头。

"从东京来？"

"是的。"梓又轻轻点头。

"在这儿很无聊吧。"

梓没有回答，而是含糊地微笑一下。

"我儿子也从东京过来了，正好跟你差不多大。"

"哦。"

"你啥时候回来的？"

"前天。"

"我家那小子说只待两三天，现在已经半年了。他说要考 个什么很难考的证书，可是这么大个人整天在家游手好闲，还总爱抱怨，简直太讨厌了。年轻人就该出去努力工作啊。"

"不过孩子他妈很高兴吧。"旁边的女人说。

"那小子就是个闲散人员。"男人开始滔滔不绝地抱怨儿子的各种举动。女人则一直为那个儿子找借口。由于她实在太投入了，梓不禁怀疑，那个很高兴的妈搞不好就是这个人。电视画面突然切换，又是两天前看过的《泰坦尼克号》。

吧台的两个人不再说话，转而专注地看着屏幕。因为他们看得很认真，梓也忍不住一起看到了最后。女掌柜正在跟着席琳·迪翁高唱《我心依旧》，梓收到了母亲发来的短信："吃不吃饭啊？"后面跟着生气的表情和笑脸。

第二天，父亲傍晚六点就回到家，准备送梓到车站。

母亲做了梓喜欢吃的卤汁炒面。梓虽然心情沉重，但很有食欲。因为食欲旺盛，她胆子大了起来。大盘炒面吃掉一半，梓突然说："我还是不回去了。"

"什么?"母亲瞪大了眼睛。

"我已经退掉了东京的房子。"

几秒钟的沉默过后,母亲又问了一遍:"什么?"

"东京的房子,我退掉了。所以回去也没地方住。"

"什么意思?跟你一起住的那个人呢?"

"他调去九州了。"

"……"

"上周才知道的……"

"啊?!"母亲向后仰倒,"为什么为什么?怎么回事啊?"

梓没有回答,父亲打起了圆场:"你这么问,孩子也太可怜了。"

"但是没必要退房子啊。那个人走了,梓一个人住不行吗?"

"房租太高了,我负担不起。"

"什么啊,你们住的是豪宅吗?"

她不好意思说房租全都是前男友在付。如果母亲知道了,搞不好会亲自飞到九州表示要还他一半房租。

"你那个对象好过分啊,为啥不给你时间找新房子呢?你们同居几年了?三年?四年?"

"没那么久,顶多两年吧……"

"那你今天不回去了是吧?"父亲插嘴道,"既然不回去,那你就慢慢吃。"

"等等,等等。"母亲瞪大眼睛,"你没地方住,那工作怎么办?"

"正好合同期结束，我就辞职了。不过随时都可以再找一份工作。"

"为什么辞职啊？就算工资不高，你也该继续待在公司，再找一个自己能负担得起的房子啊。"

"嗯，到时候再说……"

"到时候？在那之前怎么办？整天在家游手好闲？"

"不是游手好闲，我可以拔草，还可以打零工……"

"打零工？在哪里？"

"不知道……'鸦'也可以啊……"

"啊？！"母亲又夸张地喊了一声，然后生气地说："你开玩笑的吧？"

"男朋友分手就分手了，你还那么年轻，不能太闲散了。再辛苦也得好好干。"

"好了好了。"父亲小心翼翼地帮腔道，"梓可能也有点累了……"

"累了？这两三天一直在家里混，早就休息好了吧。可是你……真的没地方住吗？"

"嗯。上周我一直住在朋友家，行李也一直放在她那里。"

"唉，要是回去了没地方住，那就没办法了。反正你今天先不回去，对吧？"

"嗯。"

"既然不打算回去，怎么不早说呢？这种事应该早点说，你打算待在家里，妈妈也要提前做准备啊……你爸今天还特意早回家了。"

梓佝偻着背，吃完了剩下的炒面。她知道母亲一直盯着她，就没有抬起头。吃完最后一口，她说了声"谢谢款待"，然后拿着空盘准备离开，但是被母亲叫住了。

"剩下的西瓜今天得吃完，你收拾好盘子去冰箱拿一下。"

"我吃饱了，不想吃西瓜。"

"不行不行，西瓜都出水了，今天必须吃完。"

"我也不吃了。"父亲放下筷子说，"炒面都吃撑了。"

"什么？明明是你说要吃，我才买了一整个西瓜。你得负责任啊。"

"今天真的吃撑了，明天再吃行吗？"

"反正你明天肯定也不会吃。西瓜没剩多少，今天一人两块，赶紧吃完算了。"

母亲推开站在原地的梓，走进厨房拿了包着保鲜膜的西瓜和菜刀，然后粗手粗脚地给餐桌铺上超市促销单，把西瓜切成了六块。

"好了，快吃吧。"

梓坐了下来，一言不发地拿起西瓜。父亲并不理睬，走到旁边躺下，拿起了字谜书。

"梓，我今天要洗衣服。你要是不回去，吃完西瓜就去洗澡。"

母亲拿起最大块的西瓜咬下去，开始不断吐籽。

"我冲个澡就好……"

"我要用洗澡水洗衣服，浴缸是干净的，你蓄水泡澡吧。"

"那等你洗完衣服我再去冲澡。"

"不行，既然装了水，不泡就浪费了。而且妈妈洗完衣服还要刷浴室。你要最后冲澡，要不你来刷？"

"好了。"父亲合上书，微笑着插嘴道，"家里热闹是件好事，但也不用说得像连珠炮一样……"

话音未落，母亲就怒喝一声。

"家里多了个人，家务就变多了。你们都给我把该做的事情做好，然后爱干什么都行。要是你想一直待在家里，我就不把你当客人了。"

"某个人脾气这么大，干什么都放松不下来啊……"

父亲的语气虽然温和，脸上却露出了揶揄的笑容。那不是明确的抵抗，也不是服输，然而那种不上不下的态度在这个家里有时会被当成最露骨的挑衅。

"你什么意思？"正如她所料，母亲把吃到一半的西瓜扔进碗里，厉声道，"太过分了吧？早就说过了，我不是这个家的用人。难道同样的话我要重复二三十年吗？再说……"

"知道了。"梓打断母亲的话，"我知道了，我去泡澡……"

梓拿着西瓜，连籽带肉草草吃完，不等咽下最后一口就站了起来。这个西瓜的确有点水，味道还很淡。她走进浴室，用淋浴冲了一遍浴缸，然后开始注水。母亲又在起居室说了什么，父亲有一搭没一搭地应着。他们恐怕要说很久。梓拿起牙刷，却因为一下吃了太多东西，打了个长长的嗝。洗澡水烧好前，她只想找个安静的地方待着。最好是安静、阴暗、凉爽的地方，呆呆地坐着消化刚才吃下去的东西。东京公寓的卧室窗边摆着L形沙发，旁边还有一盆观叶植物，算是个安静的小角落。可是，这座房子里没有那样的地方。

等她回过神来，已经走到了院子里。外面很安静，只能听到父母的吵架声。她跟小雪看《泰坦尼克号》的时候，周围的房子里应该都有烦人的小孩趴在床上、地板上或是书桌上打发时间。孩子们会发脾气，会大声说笑，会扔球，会放音乐，还会跟父母大吵大闹，招猫逗狗，发出各种噪声。

那些孩子都去哪儿了？

梓听着父母的争吵声，尝试回忆。那些孩子都长大了，也都渐渐安静了，最后在一天早晨离开家，带着迷茫的表情搬进又脏又小的新房子里。然后，他们还会继续搬家，每次都渐渐远离。她本来是其中的一人，如今却回到了这里，不知还要再待多久。一想到自己这样的状态，她就感觉自己被某种莫名其妙的东西，比如脚下的世界困住了。即使想回到原来的状态，她也无法像吸尘器的电线一样，毫无阻碍地回缩。说不定，她永远被困在了这座庭院里。

梓走到家庭菜园，坐在草丛中。隔着窗帘，她看见母亲站在敞开的窗户里面，不停地大喊"西瓜！西瓜！"。母亲还生气地说："以后再也不买西瓜了，反正本来就不喜欢吃西瓜。还不是老公和孩子吵着要吃，我才一起吃了。以后你们自己想吃就自己买，我反正再也不碰西瓜了……"

　　不过，她现在还是回来了。梓默默想着，换了个方向，双手撑在身后，仔细打量着自己长大的家，从铺着方形瓷砖的门口，到瓦房顶上的天线。

　　母亲又在说西瓜的事情。原来一个西瓜有这么多话可以说啊。她应该听听。梓想着，双手插进杂草底下凉爽的泥土里，探寻地底的小小生灵。

暴风雨

私の家

　　大雨从昨晚下到现在，停车场到处都是深深的水洼。

　　祥子站在公民馆的自动门前，用力吐了一口气，然后顶着大雨，向自己的车走去。凉鞋踩在地上，激起一片片水花。不知多少年前，她下雨就不怎么打伞了。淋湿了只要擦干就好，为何她前半辈子如此执着于保持干燥呢？自从决定不再打伞，反倒没有了对下雨的忧虑。换句话说，她并非不喜欢下雨，而是不喜欢伞。不活个五十年，还真意识不到这个事实。

　　她的白色小车停在宽敞的空地一角，接受雨水的拍打。她抓起副驾座席上的毛巾擦了擦脸，继而发动引擎，驶向车场出口。她在生锈的门前看见了撑着塑料伞走在雨中的松木夫妇的背影。由于下雨，今天没什么人露面，唯独这对夫妇无论刮风下雨，必定会出席祥子主持的每周四次的体操课。那对老夫妻长得很像，就像摆在礼品店里的成对的人偶。

"松木先生！要上车吗？雨挺大的！"

祥子打开副驾车窗，从驾驶座上喊了一声。

"啊，老师……"松木夫人先看见了她。她丈夫的右半边身子已经被淋湿，灰色 Polo 衫已经变成深黑色。

"雨太大了！"祥子用上了教学时的音量，"我送你们回去吧。"

"不用，我们家很近。"松木先生弯腰凑近车窗说，"不麻烦了。"

"你都淋湿了！"

"我们习惯每天走路，没关系，真的没关系。"

夫妻俩朝祥子点头致意，然后弓着身子走开了。从后面看过去，两人的伞都断了一根伞骨。"送一程又没什么。"祥子嘀咕着，关上了车窗。走出公民馆大门前，松木夫人又回过头来道了谢。虽然他们可能看不见，祥子还是回了一礼。她顺手打开车载收音机，车里突然响起吵闹的英语歌，害她忍不住猛踩刹车。此时她才想起，昨天难得愿意跟她一起去超市的女儿小梓在车上摆弄过这个收音机。

梓回来参加外婆的尾七法事，突然说不回东京，如今已经在家待了一个月。女儿自从离开家上大学后，还没在家待过这么长时间。最近她不经意间看向窗外，发现一片色泽暗沉的衣服和毛巾里多出了女儿颜色鲜艳的内衣，倒也不是不高兴。不管原因是什么，家里只要有个年轻人，她的心情也会跟着明朗起来。可是梓很不爱说话。她以前就比姐姐更内向，现在甚至有点阴沉了。她有时会故意嘲讽两句，或是鼓励两句，梓都没什么反应。梓大概每三天去一次"鸦"，从来不说她在那里跟谁聊天。有时梓还会半夜跑出去，有一次她早上起来，还发现厨房桌子上摆着沾有泥土的大和芋。等到梓从二楼下来，她再一问，女儿只说："我挖的。"她觉得还回去有点不太好意思，就默默收下做成芋泥，用来拌米饭了。有时碰到女儿在走廊上铺坐垫打瞌睡，或是顶着一头乱发，面色苍白地从厕所走出来，她都会吓一跳。那种时候，她总觉得女儿不像人类，倒像是直立行走的大鱼。

管她是鱼还是牛呢……祥子一边调节收音机一边想。是什么都行，至少说说话啊。总算找到熟悉的广播节目后，祥子轻踩油门开到路边，正在停车观察路况时，右边突然有个东西撞了上来。

仔细一看，大雨淋湿的路面上，多了一辆自行车、一把伞，还有女人和孩子。

梓上初中时，曾经骑着车一头栽进路旁的芋田，后来被碰巧路过的人拉了上来。那天也下着大雨，女儿就是为了躲避对面飞快驶来的摩托车，才失去了平衡。

那天，一辆奔驰车的司机目睹了整个过程，把迷迷糊糊的梓从芋田里拉出来，连人带车一起送到了家。梓后来说，自己流鼻血了，特别不好意思。司机是个西装笔挺，大约五十岁的男性。他的车里还有一股好闻的味道。祥子当时还在学校当体育老师，下班回到家后才知道事情经过。在大约两万人口的卯月原町，祥子知道三个人有奔驰车，但梓对车主的描述跟那三个人都不相符。虽然她很感慨原来还有这么热心肠的人，但作为一个少女的母亲，还是没忘了确认女儿是否遭到了奇怪的对待——梓毫不掩饰脸上的嫌恶，留下一句"啊？你都想些什么呢？"，然后上了二楼。

如此这般，一头撞上祥子车身的母子俩就被她带回了家。梓好像冒着大雨去了"鸦"，怎么喊都没有回应。

"真对不起。真对不起。"娇小的母亲弓着身子不断道歉，旁边的男孩满眼泪水。

"下雨天要格外注意啊，何况车上还有小朋友。"

不管警察怎么说，那辆自行车撞上来时，她处于停车状态，肯定没有责任。打开车门的前一刻，祥子已经想好了，所以并不担心自己被起诉，也不认为自己是肇事者。

她给惊慌失措的母子端来了麦茶，但两个人都不喝。实在没办法，祥子只好站起来，从厨房拿来了饼干盒。

"来，吃点吧。"

祥子打开饼干盒，撕开内袋，拿出了装在透明小袋里的饼干。

"先吃点饼干，我帮你妈妈把裙子补好。"

祥子想不通的是，这位母亲竟穿着紧绷绷的短裙在大雨中骑自行车。祥子下车扶起她时，短裙已经撕裂，露出了纤细的大腿。

那位母亲现在穿着祥子借给她的 T 恤和运动裤，端坐在垫子上，她又小声说了一句："真是对不起。"

"我可能补不回原来的样子，但至少能穿。小朋友，你先吃点零食吧。"

祥子把母子俩留在起居室，独自走进了里屋。家里还有四口人时，这里就是祥子独自写课程计划，或是缝补衣物的"妈妈房"。其实这算不上房间，因为连接起居室的拉门和通往玄关的房门总是敞开着，跟通道差不多，所以祥子几乎从未一个人在这里工作过。现在，这里的墙边摆满了衣箱、熨斗台、衣架和兼任书桌的缝纫机台，如同一圈阴气沉沉的会议成员，围着中间的空地。

她掀开缝纫机盖，装好与短裙同色的深灰色缝线，戴起老花眼镜，开始补裙子。自从祥子懂事，她就跟奶奶学会了针线活。伊锅的外公外婆经营着一家洗衣店，总能看到各色各样的和服。她现在还依稀记得外婆小心翼翼地拆开缝线，把和服变成细长的布匹形状以便清洗的样子。外婆还经常用别人给的布头做小收纳盒和扁平的娃娃。看着看着，祥子就会沉迷在那种精细的工艺中。后来她长大了，发现自己不仅手巧，还是班上跑步最快、跳箱最高的孩子，她不知不觉就成了一名体育老师。人生真是难以预料。

她踩动踏板，缝针开始上下移动，发出响亮的嗒嗒声。"快躲开！"耳边又响起了稚嫩的惊叫声。女儿们还小时，她每年都为她们纤细的身体度量尺寸，制作一模一样的小裙子。踏板的声音似乎让她们柔软的心灵感到格外恐惧，每次家里响起那个声音，两人都会大喊"快躲开！"，然后互相追赶，又哭又笑，在屋子里跑来跑去。

"来，补好了。"

她固定好开线的裂口，简单熨平，拿到母子面前。小男孩先把脸凑了过来。此时饼干盒里已经少了一排饼干。

"怎么样，跟原来差不多吧？阿姨很会做这个。"

"补得这么漂亮，真是太谢谢了。"

孩子的母亲低头道谢，嘴角还沾着一点饼干渣。见此光景，祥子想起了自己的那些学生，心中油然产生一股熟悉的好感。祥子看着这个垂头丧气的年轻母亲，很想轻轻摇晃她的肩膀，或是拍拍她，用热情的话语鼓励她，拂去她的不安，让她流露出自然的表情。

"这样应该没问题了，穿上试试吧。"

孩子的母亲站了起来。她身上的运动裤好像太宽松了，只能勉强挂在胯部。

"你好瘦啊，到底有没有长内脏？"

祥子笑着说完，年轻的母亲不好意思地低下头。"真对不起。"

"不用道歉啦。"

她接过裙子，先套在运动裤外面，再脱下裤子，拉起裙子拉链。

"没问题吧？还有破掉的地方吗？"

"好像没问题了。"

那位母亲总算露出了明亮的表情。

"妈妈，没事吧？真的吗？真的吗？"

男孩跑到妈妈身边，细声细气地说。祥子不禁想，身边有这么个时刻关心自己的人，该多幸福啊。然后她又安慰自己："但是我也有，而且有两个呀。"

"妈妈不痛，哪里都不痛。小薰痛不痛呀？"

被唤作小薰的男孩用力摇摇头。祥子用母亲和教师的目光暗中观察着他的小脸，上面有看上去忍着痛的样子。祥子在家里和学校都看见过不少强忍难受的孩子，每次看到那样的表情，都会感到浑身像被钢针扎了一样难受。虽然大多数时候是祥子让孩子们露出那样的表情的，但也有不少例外。

"真是太感谢您了，给您添了这么多麻烦……"

年轻的母亲又换上阴郁的表情，向她低头道歉，祥子慌忙回答："没关系，都没受伤那就太好了，我送你们回家吧。"

"不用了，我有自行车……"

"那怎么行，雨还没停，万一再出事可不好。那件 T 恤也不要了，你穿回家吧。"

祥子拿起一整盒饼干放在孩子手上，推着母子俩走向门口。那位母亲个子很小，光看背影，这对母子就像姐弟。

蓝灰色自行车不能完全放进后座，后轮暴露在雨水里。母子俩跟来时一样，挤在狭窄的后座，拽着自行车头以免车子滑落出去。祥子则坐进驾驶席，开动了汽车。

"原来她是个单身妈妈。"

梓没什么反应，不过祥子早有预料。

"离婚后一个人带这么小的孩子，真了不起。"

"哦。"梓随便应了一声，用筷子戳了戳冷豆腐。

"她做化妆品销售的工作，每天骑车四处跑。下这么大的雨，还要带着孩子，真努力啊。"

"化妆品销售……"梓低着头，眼睛都不抬，"还有这种工作啊。"

"有啊。以前我们家也有人来过。现在虽然什么东西都能在网上买，但还是希望有靠谱的人卖啊。"

"这是老年人的想法？"

"不会啊，她说年轻人也买。"

祥子说了谎。那位柔弱的母亲说，她访问的客户基本都是老年人。

"豆腐真好吃。"

"嗯？"

"豆腐。"梓用筷子尖指着搭配姜蓉的冷豆腐，"真好吃。"

"哦，那个啊……因为超市特价，我就买了。"

"有豆子味。"

"什么豆子味？你以前见到豆腐，不都一副看到被碾死的青蛙的表情吗？"祥子差点就要哼出声，勉强忍住了。

"梓上初中的时候，有一天下雨摔倒，也被一个好心人送回来了呢。"

"啊，我吗？"

"嗯，一个开奔驰的大叔。最后也不知道是谁，都没好好道谢。"

"那是我？不是姐姐？"

"是梓啊，你忘了吗？"

"不记得了。"

"不记得？不过妈妈今天也做了同样的好事。"

梓眯起眼睛沉默了片刻，最后重复了一句："应该是姐姐。"

"你说啥呢，不信你去问问灯里。对了，今天碰到的那个妈妈叫荻原沙织，我还以为她比梓小，结果一问，原来跟灯里是同学呢。你认识荻原沙织吗？"

"荻原沙织？不认识……"

"她父母都去世了，现在是哥哥一家住在老房子里，她离婚后也带着小薰住进去了。小薰跟亚由同年，今年四岁，听说很讨厌上幼儿园。"

"哦……"

"她哥哥叫荻原公一，你认识吗？"

"不认识。"

"虽然哥哥是亲人，但是跟别人一家住在一起，肯定很憋屈吧。不过听说她卖化妆品的工作也是嫂子介绍的。虽然工作很辛苦，但只要完成任务就有奖金。"

"啊？"梓总算抬起头，对上了祥子的目光，"妈，你该不会被推销了吧？"

"什么？你把这当成什么故事了？"

"没买就好。"

"就算她推销，我也不会买。"

梓盯着祥子的脸看了一会儿，再次垂下目光夹豆腐。虽然只有短短几秒，祥子却感觉她的目光如同针刺，甚至在脸上留下了浅浅的凹痕。

起居室窗外闪过车灯，接着传来车门开合的声音。

"你爸回来了。"

祥子站起身，走进厨房准备另一份饭菜。她开起炉灶加热炒锅里剩下的炒肉，然后从冰箱里拿出豆腐，开始磨姜蓉。丈夫走进门来，在洗手间制造了一会儿噪声，接着就像被人下了毒，剧烈咳嗽起来，吐了一口痰……几十年来，从车门开合声到吐痰声，这段回家的响动从来没变过。

丈夫滋彦穿着工服走到自己的座位旁，跟女儿打了声招呼。梓也"嗯"了一声。祥子热好煎锅里的菜，关火之后又站在厨房看了一会儿父女俩。这里不是学校，而是家里，那两个人却都像被老师叫过去的学生，低头弓着身子。梓从小就被人说长得像父亲，现在这对父女还是寡言少语，面色苍白，眉毛稀疏，看着没什么精神，让祥子很是烦躁。然而这两个人不约而同的姿态也像在密谋什么意想不到的事情，让她感到不安。

"今天好大的雨啊。梓，你收拾餐具顺便拿瓶啤酒吧。"

"啊，不要。"

"爸爸很累了，拜托你。"

"不要。爸你要喝自己去拿，现在已经不时兴支使女儿干活了。"

见女儿拿餐具进来，祥子备好了啤酒、开瓶器和杯子交给她。梓一脸不高兴地拿了东西回到餐桌，却没有开瓶。看着丈夫自己开瓶自己斟酒，祥子不禁有点同情他。然而，她并不想上前安慰，或是揉揉肩膀、拍拍背，这让她自己都有点不可思议。看着看着，丈夫的背影不知不觉间与白天同样坐在起居室依偎在一起的母子，以及挤在后座上努力拉住自行车的母子重合在了一起。

真是的，这两个人什么时候成了这副样子？祥子扶着厨房的椅子，迟迟不想回到起居室。

超过三十摄氏度的炎热夏日持续了好几天，雨水又落了下来。

这雨一下，祥子就忍不住想起那对可怜的母子。虽然她表示那件 T 恤不要了，心里还是猜测他们会不会带着点心和衣服到家里来道谢。虽然说不上期待，但每次门铃响起，祥子还是会有点兴奋。打开门看到快递配送员或是拿着街道通知和各式新鲜蔬菜上门的邻居，她又会松一口气，同时产生混合着失望和内疚的心情。于是，她跟那些熟面孔闲聊的时间也不知不觉变长了。

一天晚上八点，家里电话响了。这电话来的时间有点不寻常，她连忙接起来，却发现是道世姨妈。她说再不去拿和服，她就扔掉了。

"等等啊，过几天就去。"

"衣服很旧了，你真的要吗？"

"先看看再说嘛，所以再等等。梓回家住了，过几天我跟她一块儿过去。"

"你小女儿？"

"嗯，小女儿。"

"不怎么说话的那个？"

"嗯，不怎么说话的那个。"

通话不到一分钟就结束了。道世姨妈一直都这样。她们每年只会通两三次简短的电话，而且基本是祥子打过去的，对方没什么事不会打过来。这个姨妈无论身处在多么尴尬的寂寞中，都不会故意说话活跃气氛，祥子反倒很喜欢她这个样子。

挂掉电话后，她猜测姨妈可能感到孤单了。毕竟她姐姐刚刚去世。她姐姐就是自己的母亲，祥子一想到母亲，就感到心情特别沉重，仿佛有什么东西破碎了，再也无法拼凑起来。她很无奈，怎么一想到母亲，就变得跟梓一样了？从小到大，她在母亲面前都不怎么说话，更不会说心事。虽然她早在梓出生前就这样，可是现在跟她住在同一屋檐下的女儿如此沉默，又如此难以被忽视，让她不禁产生错觉，以为自己是受到了这个女儿的影响，才会跟母亲变成那样的关系。

台风正在靠近。东海沿岸的大型低气压势头不减，一路北上，今晚将会登陆关东。然而祥子不会因为这点小事打破惯例，还是像往常一样做好准备，冒着大雨，开车去了公民馆。

"早上好！"她大声打着招呼走进教室，发现受到台风影响，平时能有十五个人的班级只到了五个人。其中一人是松木先生，但是没有看见松木太太。莫非去上厕所了？然而直到体操音乐响起，松木太太还是没有出现。松木先生独自伸展腰腿，跟着她做动作，却始终注视着前方，仿佛在强忍着什么。

祥子在公民馆教的是自己编的广播体操。这套体操以上班时跟同事合编的中学生体操为基础，改成了适合老年人的动作。体操乐曲本来只有七分钟，但是会重复好几次，可以充分运动到上半身和下半身。原始版本在拉伸脚筋和背部的动作中加入了一些灵动的设计，很受初中生欢迎。每年入学典礼，历任校长都会介绍："大家来到这所学校，最先学会的都是镝木老师的祥子体操。"她听了自然很高兴，但也有点羞愧。

有一次，她对负责演奏的音乐老师浜野说："那种说法就好像我一个人包揽了全部功劳，下次我请校长别忘了介绍作曲人。"但是他害羞地微笑道："不用了。"浜野老师有点内向，脸色总是不太好，而且身材又瘦又小，唯有一头灰白的头发蓬松浓密，像个音乐家。他不太喜欢学校的饭菜，中午总是自己带饭。祥子本以为那是夫人给他做的，后来才听多嘴多舌的理科老师说，浜野老师原来离过婚，还是单身。前妻离开后，浜野老师已经独自在邻镇贷款买的房子里住了很多年。

现在，祥子配合着浜野老师弹奏的清澈旋律运动身体，心中暗想："我好喜欢那种人啊。"那种人指的是浜野老师、道世姨妈，还有那个销售化妆品的年轻母亲荻原沙织。他们都孤身一人，性格温和，而且有些奇特的气质。

找到一个喜欢的人，跟他生孩子，工作，养育，每日积攒灰尘，不断重复同样的日子，又害怕一点小错会让这样的生活突然消失，于是更努力工作，养育，每日积攒灰尘。这就是祥子了解并实践过来的唯一的生活方式。其实说到底，浜野老师、道世姨妈和荻原沙织跟她都是相同的人，但是他们既不是谁的父母，也不是谁的妻子或丈夫（荻原沙织的儿子过不了多久也会离开母亲独自生活）。他们曾经都与别人紧紧关联，但是不久之后便脱离出来，任凭那个部分沐浴在人生风雨中，从不多说什么。祥子觉得那样的人格外耀眼。

说白了就是要变得坚强。若想度过人生带来的风浪，必须时刻保持坚强。祥子对着镜中伸展腰腿的老年人露出微笑，感到身体内部涌出一股力量。她想起浜野老师弹奏的钢琴，想起两个人在音乐室的光景。她穿着运动服挥洒汗水，不时朝背后的他提出意见。"这里节奏再强烈一些。""这里可以想象猴子的动作。"那时她的月事每月二十八日准时到来，而且她还跟丈夫睡在同一间屋子里，认为自己是个力量强大的女人。

重复十次深呼吸，一个小时的体操课结束了。松木先生最后一个离开教室，祥子叫住了他。

"夫人今天怎么没来呀？"

"今天亲戚有聚会……"松木先生移开目光，微笑着说，"她很想来，可是抽不出时间，还托我向老师问好。"

接着，松木先生说了再见，跟随其他学生的脚步，快速走出了教室。

祥子换好衣服走出去，雨下得比刚才更大了。可能台风的登陆时间比预报早了一些。她跑到车上，用毛巾擦脸，正好看见松木先生从公民馆走出来，手上依旧举着那把伞骨折断、派不上什么用场的塑料伞。祥子发动汽车，开到他旁边打开了车窗。

"松木先生！我送你回去吧。"

老人的脸闻声转过来，露出了与刚才截然不同、凶狠而烦躁的表情，看得祥子愣住了。他的表情仿佛在说："滚开，老太婆！"祥子忍不住"啊"了一声，接着打破了尴尬的沉默。

"我看雨下得有点大，要不送你一程吧？"

她尝试用比平时更温和的语气微笑着说出那句话，可是松木先生的表情没有改变。

"不用……"

话还没说完，就有一阵强风吹来，把塑料伞吹翻了。松木先生粗暴地抓住伞沿，想把它翻回来。雨水打在他的脸上，顺着深邃的皱纹向下流淌。

"你看都淋湿了，请别客气，快上车吧。"

祥子从驾驶席伸出手，打开了副驾驶的车门。

"真的，请上车吧。你这样会感冒的。"

"不用了，再见。"

浑身湿透的松木先生对祥子点点头，然后转身离开。强风几次吹得他和掀翻的伞摇摇欲坠，但那个背影还是渐行渐远，消失在门外。

"那个老顽固，为什么不坐车啊？"祥子嘀咕着，缓缓关上了车门，"要是松木太太肯定就上车了。"

接着，她打开收音机，发动汽车，在门口停车左右观察后向左转弯。前些天，她在这里刚打开转向灯，就被那辆蓝灰色的自行车撞了。

那姑娘就算再怎么努力，也不会台风天跑出来卖化妆品吧。想着想着，祥子还是有点担心。几年前，这里遭遇了一场大型龙卷风的袭击，好几座房子被掀翻，还上了全国新闻。第二天丈夫说要去看看受灾现场，她就跟着去了。被毁掉的房屋顶上都盖着蓝色塑料布，他们一眼就能认出来。直到那一刻，祥子才真正意识到房子的屋顶也能被风掀翻。而且她看到的房子并不是老旧木房，而是跟自己住了三十年的房子大同小异、同属八十年代后期大量出现的住宅。丈夫在驾驶席上笑着说："看来我们家也危险啊。"祥子却感到浑身发冷。

广播节目中途切换成新闻："目前台风正保持着强大势头穿过东海地区……今天下午到夜间将会登陆关东，给各地带来强烈暴风雨天气……交通机构可能受到影响……沿岸地区还需警惕大浪……"

回过神来，她发现自己正在开往荻原沙织和她儿子住的地方。她只想绕路过去看看情况，然后马上回家，并不打算大言不惭地劝告那对母子，过度干涉他们的生活。她只想让自己放心一些。她暗自嘀咕着，已经来到了母子家附近。祥子放慢车速，斜着身子从副驾驶席往外看，只见黑色瓦房顶牢牢固定在房子上，经受着暴风雨的吹打。看来没什么问题，不用担心了。她转向前方，正要踩下油门，却看见隔了几个路口的拐角出现一个影子，正在向这边靠近。她心想这不可能，然而果真让她猜对了。

"你啊！"

祥子忍不住打开车窗探出去，对自行车用力挥手。年轻母亲的伞已经跟松木先生的一样，被风雨摧残得断了一根伞骨，向上翻成酒杯形状。那种伞干脆扔了还方便，为何所有人都那么执着于撑伞！看到那个身影的瞬间，祥子突然很气愤。

自行车摇摇晃晃地停在车旁，荻原沙织"啊"了一声。小男孩从她身后的黄色雨衣兜帽里探出头来。

"你不知道台风登陆了吗？"

"啊……刚刚才知道。"

荻原沙织在伞下微微一笑。

"你连这种天都要穿成这样工作吗？太危险了。"

"可是今天跟一位客人约好了过去……"

"卖出去了吗？"

"啊？"

"化妆品。"

"啊，没有，没卖出去……"

"那客人真讨厌。"

荻原沙织无力地笑了笑。后面的孩子好像还没认出祥子，绷着小脸朝这边窥视。

"小薰，你忘了吗？这是上次给妈妈补裙子的阿姨呀。不是还给你吃饼干了吗？"

男孩子瞬间褪去了紧张的表情，用力点点头。他母亲似乎在拼命思考祥子出现的原因，接着又"啊"了一声。

"莫非你来拿 T 恤……真对不起，一直没还给你。"

"不，我不是来拿衣服的，都已经送给你了。"

"啊，我还是还给你吧。本来已经洗干净了，想上门还给你，但是一直没成行……"

"不用了，真的送给你了。"

"我还买了点心，想登门道谢，可是没找到时间。"

"反正肯定永远都找不到时间。"祥子内心嘀咕了一句，但并不在意。

祥子按照荻原沙织的指点，把车随便停在了宽敞庭院的正中间。沙织把自行车推到屋檐下，抱起儿子放到了地上。孩子一下地就往玄关跑去，从绿色地毯底下掏出钥匙打开了门。祥子又暗自嘀咕那也太不安全了，男孩则一直顶着门，请客人进屋。

不算小的换鞋区摆满了各种鞋子，让人不禁以为这里在开家族大会。母子俩动作娴熟地在仅有的空位脱下鞋子进了屋。祥子没办法，只好掀起在脚踝处弯折的鞋筒，把散步鞋脱在空出的地方。

"家里没人吗？"

她被领到了跟厨房融为一体、铺着榻榻米的起居室。因为纸门都关着，室内光线很暗，满地杂物的房间一端赫然放着大如地毯的液晶电视机。

"是的。兄长在上班，嫂子参加公司研修，侄女在上学。"

"化妆品公司的研修吗？"

"是的。"

"刮台风还要研修，你们都很拼命啊。"

沙织脱掉儿子身上的雨衣，拾起落在窗边的晾衣架，挂在了门楣上。看来她并不在意墙壁被沾湿。

"请等一等，我这就把衣服拿来，还有点心。"

"真的不用了……不如请你给我端一杯热白开水或者什么热的

东西吧？感觉有点冷。"

"啊，好的。"

沙织拿起热水壶，往马克杯里倒了一杯热水，递给祥子。她道谢之后喝了一口，感觉这杯温水有股橡皮筋的味道。

"屋里这么黑，你不开灯吗？"祥子问了一句，沙织点点头。

"嗯，现在还是白天，又只有我们两个人，一般都……"

接着，沙织便留下祥子和小男孩，走出起居室去拿衣服了。祥子试着问道："小薰冷不冷？""肚子饿不饿？"但是男孩没什么反应。最后她放弃了，默默喝着白开水，结果小男孩开始害怕，跑出去找母亲了。

祥子的坐垫旁边摆着一台展开的黑色笔记本电脑，鼠标则在远处翻了个底朝天。地上还散落着抽纸盒、饼干的大包装袋、大号发夹、指甲剪，甚至还有个煎锅。纸门边上堆积着仿佛刚收进来的干净衣物。祥子看见这样的屋子，忍不住双手发痒。把散乱的东西整理好，堆积成山的衣服叠整齐，只要动起手来五分钟就能搞定。她从来不觉得自己的性格细腻，看丈夫和两个女儿的态度，反倒更偏向粗糙。然而，这座房子的粗糙与祥子的粗糙完全不是一个等级。她心里明白别人家不关自己的事，可是真正走进"别人家"一看，却发现组成"别人家"的种种琐碎用品宛如一面粗糙起毛的草席，刺激着她的神经。那对母子的软弱，屋子里的凌乱，一想到两者都属于"别人家"的一部分，祥子就难以忍受。她恨不得揪住两人的后颈皮，扔到更宽敞明亮、如同原野的地方。

"真不好意思，总算找到了。"

祥子回过头，看见沙织站在门口，手上捧着叠成一小块的 T 恤和包装精美的方盒。她身上还穿着淋湿的衣服，短裙想必也是上回祥子替她补好的那条。

"都是些什么啊？"

"啊？"听了祥子的话，沙织张开口，露出了困惑的表情。

"我是说，你卖的都是什么化妆品啊？"

"哦，你说化妆品吗？有化妆水、美容液，好多种。"

"都在那个包里吗？"祥子朝放在桌上的包努了努嘴，"要不我看看吧。"

沙织的表情猛地亮了起来。

"你要看吗？请慢慢看吧。"

她打开包，里面有一层宛如红色天鹅绒的衬布，整齐摆放着好些个形状大小有点微妙差异的彩色小瓶。

"好多啊，每次都要用这么多吗？"

祥子年轻时就只在洗脸后涂涂妮维雅的面霜，当老师时也几乎不化妆。

"是的。"

沙织高兴地笑着说道。原本在别处玩着大象玩偶和小球的男孩也走了过来。

"我们这种产品只有上门销售一条销售渠道。"

沙织像分享秘密一样，勾着嘴角拿起了最边上的粉红色小瓶。

"这是保养的第一道步骤——化妆液。里面的液体具有特殊分子结构,可以提高后面的化妆水和美容液的吸收率。能借您的手用用吗?"

祥子伸出右手,旁边的男孩子也伸出了右手。沙织倾斜粉红色瓶子,在两人的手背上各滴了一些浓稠的液体,继而用指腹轻轻按摩促进渗透。

"感觉怎么样?"

祥子被她这么一问,抬手戳了戳涂抹了液体的部分。

"嗯,好像有点滑……"

"小薰呢?"

"滑滑的!"

男孩了也有模有样地摸了摸自己的手背。

"接下来是化妆水。"沙织放下粉红色的瓶子,拿起了旁边那个细长的浅蓝色瓶子。

"这是我们公司最骄傲的产品,里面添加了大量天然草本精华,可以帮助水分渗透到肌肤深处,并长时间保持滋润。请您先闻闻香味。"

沙织打开瓶盖,凑到祥子面前。

"嗯,是挺香的。"

"妈妈,小薰也要,小薰也要!"孩子贴在母亲身上,于是母亲也让他闻了闻瓶子。

"用化妆棉吸取一定量的液体,轻轻按在皮肤上,就能吸收进去。还是借您的手用用。"

　　凉丝丝的化妆棉贴在了手背上。沙织用另一只手托着祥子的手心，上下轻轻握住。年轻母亲的体温顺着柔软的肌肤传递过来。

　　给儿子也做完同样的演示后，沙织又陆续打开了后面的小瓶，不断往祥子手背上涂抹。有的清爽稀薄，有的浓郁黏稠，有的厚重，有的很香，有的不香。冰凉的液体接二连三地滴落在手背上，继而被另一个人双手的温度轻柔暖化。就在阵阵舒适感让人陶醉时，旁边又会响起小男孩呼唤妈妈的声音。突然，祥子回忆起自己在病房握住的母亲的手。那只手虚弱而枯萎，宛如稍一用力就会捏碎的盐块。母亲曾经也像沙织这样年轻鲜活，然而祥子从未触碰过那时的母亲。她只握过外婆的手，还有两个女儿的手。干枯的手和松软的手，引导她不至于迷路的手和依偎着自己不愿离开的手。

　　最后涂完圆形小瓶里的护肤霜，沙织就像完成了复杂涂色板的孩子一样，露出混合着骄傲和害羞的表情。祥子的右手背多了一层不可思议的光泽，显得格外柔嫩。

　　"怎么样，那个……您跟左手对比一下，是不是很不一样？"

　　祥子抬起双手对比。右手光滑滋润，左手则干燥暗淡，还有点发绿，仿佛一度被拆掉、后来又重新装上的不良部件，显得格格不入。

　　"的确很不一样。"

　　祥子说完，小男孩也跟着说："不一样哦！"然而他那两只面团似的小手即使贴在一起，也看不出什么不同。

　　"就是这样。只要坚持每天早晚仔细保养，效果就会特别好。"

　　祥子把光滑的右手抬到眼前仔细端详起来。这人是想让她今后每天早晚独自对自己的面部做刚才那一连串动作吗？是想让她重新体验一遍无论任何时候、任何地方都能得到他人体温慰藉的生活吗？

"这只手好像死了一样呢。"祥子抬起干燥的左手说，"你瞧，妖怪手。"

笑眯眯的男孩子突然皱起眉，躲开祥子的手，贴在了母亲身上。

"对不起，阿姨不是妖怪啦。"

祥子搂着小男孩单薄的肩膀，看着他说。接着，她用两只不同颜色的手紧紧握住了男孩的小手。

"你瞧，阿姨的手还是热的呀。"

屋外传来东西掉落的巨响，雨声越发激烈了。沙织站起来拉开窗帘，原来是自行车倒了。她还笑着说："车头的篮子都被吹走了。"

祥子用半年分期付款买了每天早晚够用两个月的护肤品套装。

每天，她都躲着丈夫和女儿，勤勤恳恳地往脸上涂抹那些液体。最开始那几天她还按顺序涂抹，后来渐渐觉得麻烦，不到一周时间，就开始把九种液体一口气倒出来揉搓均匀，像擦窗一样往脸上抹。

好不容易瓶子空了一半时，台风之后一直独自前来上课的松木先生再也没有出现了。

下课后，祥子漫不经心地问了一句松木先生的情况，其中一名学员告诉她，原来他太太住进了邻市的大学医院。接着，另一个跟松木夫妻一样是体操班常客的女性细声细气地提议，要不要大家凑钱买束花去探病。所有人当场同意，祥子也出了五百日元。接着，她又提议送花不如送伞。

"可是老师，现在都九月了，每天还热成这样呢！"负责收钱的男学员皱着鼻子笑了，"感觉好几百年没下雨了。"

茶歇

私の家

"……我要回家！

"……回家……我要回家……我不要住这里了……我讨厌外公外婆，我讨厌阿道……我不要吃饭……我不饿……我要回家，我要回家！"

"妈！我运动服在哪儿？"

楼上传来尖厉的叫声，道世猛地惊醒了。

"今天第一节就是体育课！湿的运动服怎么穿啊！"

她看向时钟，刚过七点。胸口怦怦直跳，嗓子又干又渴。过了一小会儿，她才意识到那是个梦。孩子伏在房间一角，哭闹着要回家……那已经是五十多年前的事了。看来，另一个少女的声音激起了她记忆深处的声音。

道世用手肘撑起身子，拿起枕边的暖壶倒了一杯白开水。她已经很久没做梦了。

"为什么不早点洗啊？昨天我早早就放进洗衣机了！"

正在大喊大叫的是住在楼上的广田美美。她母亲也在叫喊，但声音没有女儿那般通透，还在被窝里的道世听不清具体内容。

她慢慢喝完一杯热水后，叠好被褥推到房间一角，走进厨房开始准备早餐。很长一段时间，她的早餐都是加了奶油粉的咖啡和店里卖剩下的几块饼干。吃完简单的早餐，她又去打热水洗脸刷牙，往脸上抹点丝瓜水，脱下睡衣，换上薄针织衫和灯芯绒长裤，挂起了围裙。

打开面朝后院的窗户时，道世轻呼了一声。茗荷叶子上落了一片鲜艳的粉红色，她瞬间以为那是只舒展翅膀的大蝴蝶。不过套上拖鞋走近一看，她又发现那其实不是蝴蝶，而是正巧变成蝴蝶形状的胸罩。道世拾起胸罩，用另一只手抚平了被压在下面的茗荷叶子。"妈妈应该做好妈妈的工作啊！"楼上又传来怒吼。"妈妈不是你的用人！"这回她也听清了母亲的吼声。

美美今年上初中了。她还是个流口水满地爬的婴儿时，一家人就搬到了楼上。二十年前，道世倾尽所有存款把房子改造了一番，给二楼安装了直接从外面来往的台阶，还增添了独立厨房和卫浴。原本她要跟即将成为丈夫的人住在二楼，一楼留给那个人的母亲住，可是房子还没改好，事情就发生了变化。那个比道世小五岁的男人已经跟别的女人交往了一段时间，后来还让她有了身孕。得知这个情况后，道世并没有感到嫉妒和绝望，只觉得肚子里生出了一股冰冷。改建的事情她没有通知亲戚，至今她仍认为这是个明智的决定。

二楼改造完成后，她决定租给别人，后来换了两次租客，广田一家
是第三批。

外侧楼梯传来轻快的脚步声。道世抬起头，看见美美身穿制服，
挎着大书包，饱满的脸颊迎着朝阳，从楼上走了下来。

"啊，早上好！"

少女看见院子里的道世，笑着对她打了招呼。她刚才还在楼上
大吼大叫，现在看起来却心情很好。

"早上好。美美，这个。"

道世举起刚刚拾到的胸罩，女孩皱着眉，吐出了舌头。

"那是妈妈的，才不是我的！"

然后，美美就挥挥手，跑过了通往门外的小道。

尽管很不愿意归结为那个原因，可是分手后，道世的食欲就越
来越小，体重也自然变轻了。原本就不大的胸脯宛如被刨子刨过一
般，她已经很久没有穿过胸罩了。她站在朝阳下，打量着纤细的肩带、
蕾丝花纹和圆润的罩杯。她即使在美美母亲那个年纪，甚至更年轻
的时候，都没穿过如此漂亮而大胆的胸罩。

道世走上台阶，把胸罩挂在广田家的门把手上。广田家的男人
应该上完夜班快到家了。尽管她不想引起不必要的误会，还是忍不
住仔细欣赏着门把手上的胸罩。它看起来真像生在南国的大蝴蝶偶
然停留在那里休息。

她从后门走到外面，卷帘门前已经摆放着三家报社的三套报纸。

道世打开卷帘门，留下一套她在收银台看的报纸，又把其他的卷起来插在了架子上，拿到门外去。接着，她看了看篮子里昨天卖剩的蔬菜，从里面抽出一根萎蔫的长葱。在花店打工的姑娘骑着踏板摩托车来送佛龛用的鲜花。道世从口袋里掏出一颗润喉糖递过去，姑娘说声"谢谢"，拆开糖纸放进嘴里，又骑着摩托车离开了。

其实只要到超市，就能买到更新鲜更便宜的蔬菜和鲜花。然而道世之所以能把这个小小的商店做到现在，都是因为有许多热心帮衬的熟客。那些客人总会按照自己的步调走进店里，买点蔬菜鲜花，或是大盒装的咖喱块、褪色的抽纸和荧光灯等不是马上需要却有备无患的东西。虽然店铺赚不了几个钱，但有了楼上的房租和养老金，目前她无须操心生活。下到小学生，上到九十三岁的老爷爷，大多数客人都喜欢跟道世聊聊天。有时是平淡的家长里短，有时是倾吐心事。与此同时，所有客人都知道她二十年前的遭遇。他们只要走出店门，回头一看，就能看到那场失败的证据。

准备好开店后，道世坐在收银台摊开报纸，不一会儿就听见感应门铃响了。这个时间进店的只有两个人，必定是其中之一。

如果是长沼，中午就吃炒饭；如果是峰岸，那就吃乌冬面。她飞快地做好判断，抬头一看，发现今天是长沼。

"早上好。"

长沼先生戴着深灰色的贝雷帽，对道世点了点头，举起左手的报纸。他在托盘上放下一百三十日元，脱鞋走上收银台边的平台，盘腿坐在"良品百选"的招牌下，摊开了报纸。

道世掀开帘子走到店铺后面的生活空间，端着暖壶和茶具出来了。她泡好一杯茶，递过去说"请用"，长沼先生连头也没抬。他仿佛已经在那个座位上酝酿了几十年的愤怒，充血的双眼恶狠狠地盯着报纸，啧了一声。

两年前的一个冬日早晨，这个长沼先生突然出现在店里。那天他把报纸拿到收银台，道世刚泡好热茶，便问他要不要来一杯。没想到其后不到一个月，长沼先生就每天都到店里来喝茶了。他以前在东京做金融工作，而妻子娘家留下了一块土地，便在退休后搬到了这里。道世一开始猜测，既然他每天都来，或许很受不了跟妻子两人的生活，后来发现并非如此。因为她在外面几次见到那位将白发束在颈根的夫人与长沼先生挽着手走在路上。

壶里的茶快喝完时，门铃再次响起，又有一位客人走了进来。

"哎哟，呼……我跟你说，刚才外面有条老虎那么大的狗，差点把我给吃了。"

峰岸先生一进来，就顶着一张如同刚出锅的包子般热腾腾的脸，边喘气边说。

"那狗啊，足有我腰那么高。主人是个小姐姐，我上去刚想摸，那狗就扑过来了。哎哟……吓得我折寿三年啊。"

"三年吗？"

"不对，五年，至少折了十年。"

"啧啧！"长沼先生的咋舌声越来越响亮。

峰岸先生的外套上至少有十个小小的口袋。他从胸前的口袋里掏出一个红色小盒，一屁股坐在垫高的台子上，又从小盒里抽出一片海带开始吸溜，带着一股恨不得把指头都吸溜进去的劲头。道世往茶壶里灌了一些热水，又冲了一壶茶端给峰岸先生。

"今天早上可真不得了。出门前接到养老院电话，说老爷子昨晚又溜出来按了紧急按钮。他啊，脑子虽然糊涂了，腿脚却特别灵便，一会儿闹逃走，一会儿惹哭我孙子，受不了啊……"

峰岸先生有个正在上小学的孙子，管他老丈人叫"大爷爷"。每当道世想起这件事，时而会心一笑，时而觉得有些滑稽。今天她觉得很滑稽。

"我将来可能也会变成那样哦。"

"要是阿道糊涂了，我每天都去看你。"

见道世不说话，峰岸先生似乎误会了什么，突然缩起肩膀，害羞地说："说真的，一个人太孤单了。"

"我不会孤单啊。"

道世转过头，打开了电视。

峰岸先生是当地玻璃店的老板，几年前把店交给儿子，加入镇上的围棋俱乐部和俳句会，可是听常客说，他在那些地方都与人闹了不合。就在长沼先生出现的那年冬天，美美在后院玩耍时，不小心扔球砸裂了一楼窗户的玻璃，道世便去请店里的人来修理。不知为何，上门的竟是已经退休的峰岸先生。从那以后，峰岸先生哪怕没事也会过来坐坐，最后便跟长沼先生一样，每天都出现了。

其他常客都知道这两人经常赖着不走，很少上午到店里来。于是，道世每天都在电视和这两个不请自来的客人的环绕下，呆呆地坐到中午。

今天也一样，店里的挂钟敲响了报时的钟声。

"中午了。"

道世一声令下，两人不情不愿地站了起来。长沼先生一言不发，峰岸先生则道了声"再见"，他们各自走出店门，转向相反的方向。

道世拿起收银台旁的蔫巴大葱，掀开门帘进了厨房。她先用一口铁锅烧热宽油，然后打一颗鸡蛋炒散，再加入切成薄片的葱翻炒，最后放入解冻好的米饭，细细炒匀。起锅前，她拿起酱油顺锅边淋了一圈，立刻腾起焦香的气味，让她感到了久违的饥饿。

因为休息一天也不想出门，她几年前就取消了休息日。

话虽如此，她还是会在每个星期三和星期日下午翻过门口"正在营业"的牌子，到里屋做做打扫，睡个午觉。如果客人在外面敲窗户，她会出去迎接，而且店门没有锁，哪怕道世不出去，客人也会自己开门进店，自己拿商品自己付钱。每年有六次养老金发放日，每次她都会在那一周的星期三下午去银行，领取不多不少的金额，在窗口旁边的小筐里拿一颗糖果，然后到附近的商店街闲逛一个小时，有时在熟食店买块可乐饼，有时则买油光锃亮的佃煮。

今天就是那个日子。道世吃完炒饭，翻过门口的牌子，穿起厚实的毛线开衫，坐上了公交车。走进银行后，她领到了七十号，正好跟她年龄一样，顿觉自己冥冥中被什么人安排了，心中有些不快。不过再看墙上贴的日历，她发现自己不是七十岁，而是七十一岁。老实说，两者都无所谓。就算说她八十一岁，甚至九十一岁，道世也不会感到惊讶。

她被叫到号码，走向窗口，一个足可以给她当孙女的柜员微笑着招呼道："砧女士，最近怎么样？"

"我很好，麻烦取钱。"

她等待柜员点验钱钞时，突然听见背后传来一声："哎呀，富永太太！"道世心中一惊，转过头去。

"哎呀哎呀，最近怎么样？好久没见了呀。"

只见两名老年女性在柜员面前手拉着手，微笑着对彼此说话。其中一位是被称为富永太太的人，道世看不出是哪位，但觉得两者都有点眼熟。

"最近怎么样，身体还好吧？"

"嗯，托你的福，还算可以，就是膝盖有点痛。你呢？"

"我也有点……不过最近主要是肩膀痛。听说可以做手术把这里的肌腱取下来换到肩膀上，但我觉得好害怕啊。现在主要靠理疗，只是我去的地方很难预约……"

镇上与她同龄的女性通常一见面就会互相问候"哪里痛"，道世每次都会冷眼旁观。用询问疼痛来代替问候，多么可悲啊。道世常年被腰痛所困，每月总有几天特别难受。就算腰不痛，有时也会感到脚尖麻木，眼底沉重，很难坚持睁眼。

"砧女士，久等了。"

道世猛地转回去，由于动作太急，脖子蹿过尖锐的疼痛。她慌忙伸手扶住窗口边缘，但是那里过于圆滑，她没能扶稳。柜员发出短促的惊叫声。下一刻，视野突然翻转。

"你还好吧？"

近处传来一个男人的声音。道世脸颊贴在冰冷的地板上，闷哼一声。一个人伸手搂住她的背部，扶她坐了起来。

"你没事吧？有没有摔到哪里？"

还是刚才那个声音。她扶着脖子抬头看，只见一个头发花白、扎着马尾的老年男性正忧心忡忡地看着她。这张脸她没见过。

"能看见我吗？"

能看见。长脸，四根横向的皱纹像尺子画的一样笔直。她已经很久没在这么近的距离看到别人的脸了，所以看得有点出神，但很快回过神来，想忍痛站直身子。那个人和从窗口跑出来的柜员都帮了她一把。刚才那两个老年女性也不再说话，静静地看着他们。

"您还好吧？要上医院看看吗？"

柜员回到窗口后，还是很不放心地问了一句。道世摆摆手。

"我没事，麻烦你把钱给我吧。"

柜员动作利落地准备好现金，放在托盘上推了过来。道世说了声"谢谢"，把钱装进信封，糖也没拿就快步离开了银行。走了一会儿，疼痛和剧烈的心跳变得越来越难以忍受。她很气愤，只想赶快回家。

"你走这么快，别又跌倒了。"

背后传来声音。她转过身，发现刚才在银行扶她起来的男人正笑眯眯地看着她。他手上拿着一根看起来很高级的焦糖色拐杖。这一带极少见到拿那种拐杖的老年人。

"我见你姿势很好，忍不住看了一会儿。"

"啊？"

"刚才，在银行。很少见到你这个年龄的女性还有如此挺拔的姿态，所以我暗自感叹这真是个 back-schön。"

"什么？"

"back-schön，连背影都很美的人。"

道世不知如何回答，想了想还是无言以对，便说了一句"再见"，转身走向公交车站。

"啊，请等一等。"

男人敲打着拐杖，行至道世身边。

"刚才那些话真是失礼了，很抱歉。"

"没什么。"

"敝姓村田。"

"你好。"

"请问你叫……"

"砧。"

公交车还没来。她坐在车站长椅上，那个男人也隔开一段距离坐了下来。

"你这是要去哪里？"

"嗯？我回家。"

"你家在哪里？"

"三丁目。"

"我住五丁目。那个，如果你方便，不如一起喝个茶吧？"

"喝茶？不了，我是开店的，得回去了。"

"哦，这样啊。真不好意思，突然打扰你了……我在这里还没有多少熟人。"

村田微笑着低头行礼。沐浴在秋日阳光下的蜂蜜色外套就像热腾腾的蛋糕一样松软厚实，看起来特别柔软。他颈上还系着一条波洛领带，用光滑的银色宝石固定在领口。

路口的绿灯亮起，一辆公交车转过了拐角。

"再见。"

道世坐上公交车后，村田依旧站在原地，朝她挥手。

几天后，她照样早起开店，陈列好当天的新鲜食材，背对着长沼先生，应付峰岸先生的闲聊。就在那时，门铃突然响了。她抬起头，发现一张熟悉的脸。

"我找来了！"

村田一开口就这样说。道世惊得张大了嘴。他跟上回一样，身穿衬衫和夹克外套，以及同样面料的长裤。不过今天领口的波洛领带上的宝石换成了绿色的。

身后的长沼先生抬起脸，峰岸先生则咽下了正在吸溜的海带。三人的视线同时集中在村田身上。他敲打着拐杖，开始仔细打量店铺里的每一个角落。

"你的店真不错。"

峰岸先生露出小兔子被人侵占了巢穴的表情。长沼先生则没有表情。

"现在很难见到这样的店铺了。站在里面就让人感到心情平和。"

"你哪位？"

听到峰岸先生的提问，村田转过来，露出了微笑。

"敝姓村田。突然来访，打扰各位了。"

随后，他还分别对三人点头问候，只对道世多点了一次头。

"这家店气氛真不错。不好意思，我记得你说在三丁目开店，就在周围闲逛，最后被吸引过来了。"

村田圆滑的腔调让道世有点毛骨悚然。不过，峰岸先生并不服输。

"唉，其实我们也是。早上醒来后，不知不觉就走到了这里。怎么说呢，这可能是阿道的魔力吧。"

他的方言变成了标准腔调，还用上了特别客气的措辞。道世有点想笑，但还是保持了面无表情的脸，小声说道："哪里。"村田则突然哈哈笑了起来。

"怎么样？"峰岸先生继续说道，"这家店是不是又老又旧，没有精神？不过这三十多年来，我们阿道一直站在收银台后面。啊，其实也不是站，毕竟年纪大了，早就改成坐在收银台后面了。不过也算了不起了。自从砧商店开业，阿道就一个人经营到现在，从来不外出旅行，也没有生病休息，更没有住过院。你说是不是很了不起？"

"真的吗，那太了不起了。"

"虽然外面不知什么时候开了很多超市，但她还有我们这些顽强的当地粉丝支持，我们决不会让这家店倒闭。我们啊，就像当地珍贵文化财产保护协会一样。"

"我倒是加入了联合国教科文组织之友协会。"

随后，村田又挥动拐杖，仔细打量货架上的半成品食材、洗面奶、饮料等。他还从货架角落里拿出道世用破布和橡皮筋亲手制作的掸子，好奇地看了一会儿。道世觉得这就像有人随意打量自己的身体内部，感到坐立不安。

"我就买这个吧。"

最后，村田拿起一盒她不记得什么时候采购的方便面走到收银台。为了保险起见，道世看了一眼保质期，还有一个月。

"来都来了，我就把剩下的都买了吧。"

村田又走回货架，多拿了三盒方便面过来。

"虽然时间有点早，但也快中午了，不如我们一起吃掉这些'红狐狸'和'绿狸猫'吧？正好各有两个，壶里还有热水……"

"那就恭敬不如从命了。"不等道世回答，峰岸先生就拿起靠在墙角的小矮桌，立起了支脚。长沼先生则合上了报纸。

村田笑眯眯地拿出一张千元日币递给道世。道世接过托盘，把钞票换成零钱，一言不发地推了回去。

村田很大方。

无论是蔫巴大葱还是蒙了灰的电池，他都会拿起来说"这个真不错"，然后每天买走一点。道世很感谢他，然而再这样下去，店里的东西都要被买空了。她拿出好久没碰的进货单，给几个地方打了电话。

虽然来了新常客，长沼先生还是每天坐在台子上一言不发地看报纸。峰岸先生则一边吸溜海带，一边不厌其烦地打听村田的来历。村田一开始还会巧妙地搪塞过去，然而过了一个星期，他还是开始一点点地透露了自己的故事。道世从来不插嘴他们的对话，但村田说话时偶尔会看着道世。

他老家在筑波，高中毕业后到东京找工作，进了一家外贸公司，后来被派到德国工作了几年。退休后喜欢骑车出游，后来伤了腿，现在已经不玩那个了。他的妻子三年前去世，两人没有孩子。家里养了两条金毛犬。他本来住在东京，但是为了照顾九十三岁的老母亲，不久前暂时回到了这里。

"虽然护工每天都到家里来，但也相当于老老相护了。"

村田说话时虽然面带笑容，但他说的"暂时"让道世心里一颤。暂时回来，那就意味着他的母亲去世后，这个人还要回到东京。换言之，他还对将来的生活有所打算。她试着思考自己的"将来"是什么，但是没有答案，觉得一片茫然。本来已经衰弱了不少的身体突然变得十分沉重。但她并不是第一次感到这种沉重。早在少女时代，她便很熟悉这种心情。

"我老丈人已经住进了养老院。"峰岸先生突然耷拉着肩膀说，"离开的时候特别难受。老人家本来一直说胡话，看到我们准备走了，就会像孩子一样问：'你们要走了？你们要走了？'到最后还会抱怨：'那我该回哪里去？我家在哪里？'看着真让人心疼。"

村田什么都没说。店里陷入了沉默。峰岸先生连忙转向了道世。

"跟我相比，阿道真是没什么烦恼啊。"

道世低下了头。的确，她父母三十多年前相继去世，都没有经历太久的病痛。姐姐今年去世前，她一直打算去探望，最后还是没有成行，最终失去了机会。尽管如此，她也并非像峰岸先生说的那样无忧无虑。每次想起父母的死，还有其他往事，她都会感到身体冰凉。峰岸先生似乎察觉到了，突然对她摆手。

"哎哟哎哟，阿道，你别这样，刚才我是开玩笑的好嘛，开玩笑的。"

随后，他又转向村田。

"村田先生，你听我说啊。你别看她这样，其实也吃了不少苦。她在东京跟了个糟糕透顶的男人，浪费了大好青春，转眼就熬到了三十多岁。后来她父母相继去世，她又跟男的断了关系，回到这里来开起了小店。本来以为要过上尼姑般的生活吧，没想到五十多岁总算迎来了春天。就在幸福马上就要降临时，那个薄情的对象竟然搞大了别人的肚子。你说，这是不是叫祸不单行？"

　　在此之前，道世从未对峰岸先生，甚至对任何人提起过自己的经历。峰岸先生刚才说的那些，恐怕都是用传闻拼凑起来的东西。然而她最不高兴的是，那番话竟然跟自己的实际经历没有多大差别。粗略来说，那正是她的人生。她心里有点生气，可是一旦有所反应，峰岸先生反倒会更兴奋，所以她决定不予理睬。

　　她打开电视，画面上出现了好几棵圣诞树，不远处的桌上还摆满了火鸡和各种盛宴。

　　"又到圣诞节了吗？"峰岸先生说。

　　这个节目好像是以圣诞节为主题，与季节毫不相符的外国纪录片。一个白人男性坐在餐桌前，拆开了自己给自己准备的礼物。这是他今年的第一百八十八次圣诞晚宴，而且从一九九四年开始，他已经吃掉了八千多只火鸡。白人男性说完话，镜头又转移到了挂在天花板上的金色、红色和绿色圣诞装饰。有的是球体，有的是银铃，还有驯鹿、王冠、礼物和杯子里的圣诞老人，塞满了天花板的每一个角落。"圣诞树怎么能没有饰物呢？当然不行……"貌似房子主人的金发老太太兴奋地说道。

　　道世看入了迷。这位老太太的人生乐趣就是用大量饰物填满天花板……字幕显示她名叫西尔维亚，比道世长一岁，今年七十二。道世活了七十一年，从来没有庆祝过圣诞节。以前住在东京，她的确跟朋友搞过圣诞聚会，但是包在铝箔纸里的烤鸡又硬又柴，蛋糕特别甜，抽签得到的礼物没有一点意思。

　　这位居住在遥远国度的西尔维亚，是否也经历过让她全身冰冷的人生，最后沉迷在装饰物中……道世呆呆地思考着。或许正是因为她无法忍受那样的人生，才会沉迷其中。前面那个男人可能也想摆脱那种冰冷，让腹中多一些温暖，才一不注意就吃掉了八千多只火鸡。或许，只有八千只还远远不够。

"我以前在德国……"村田开口道，"每到圣诞节，整个城市都张灯结彩，到处都能看到圣诞集市……道世女士。"

她突然听到自己的名字，吓了一跳。

"道世女士，你过圣诞节吗？"

"啊？"

"圣诞节。请问你每年如何庆祝圣诞节？"

"我不庆祝。"

"可我见你看得很认真……"

"只是看看而已。"

村田只是微笑，没有说话。他好像知道她并非单纯看看，心里还在思考。想到这里，道世慌忙移开了目光。正好电话响了。道世站起来，拿起收银台墙上的电话听筒。

"姨妈？"

是外甥女祥子。

"嗯，怎么了？"

"你好吗？我没什么事……"

外甥女的声音没有了平时的活力。道世回了一句"我很好"，祥子突然飞快地说了起来。

"我想说妈妈那件和服。真不好意思，一直都没时间去拿。已经过去挺久了，我想你会不会已经扔了……"

"没扔。"

"梓还在家里，过几天我跟她一起过去。那孩子最近就在家里待着，整天阴沉着脸，也不知在想什么……搞得我都有点烦躁了，刚才还没忍住吼了她。"

"是吗？"

"等我这边决定日子了，就再联系你。你可别把和服扔了呀。再见。"

她想说前几天梦见了祥子，然而对方已经挂了电话。五十年前在这里哭哭啼啼的小女孩现在已经成了中年妇女，连外孙都有了。道世不禁想，虽然姐姐任性自私，倒是生了个好孩子。

"阿道，那是谁呀？"

峰岸先生问。

"外甥女。"

"外甥女？"村田说，"原来是你外甥女啊。看来你们感情很好。"

"也不算好。"

"我是家里独子，所以没有外甥。真羡慕你。"

"我去世的姐姐有三个孩子。现在一个联系不上，一个只会在出国旅行回来时偶尔寄点礼物，平时不怎么见面。还有一个孩子过去住在我家，所以会偶尔给我打电话。"

挂钟敲响报时的钟声，道世锁好收银台站了起来，可是三个男人都没有动弹。

"中午了。"

她说了一句，三人还是坐着不动。

"中午了，而且今天是星期三，我要关店了。"

道世拍拍手，三人总算慢吞吞地站起来，走出了店门。

她看见峰岸先生在玻璃门外回过身，指着二楼对村田说了什么。他的样子很是得意，村田也瞪大了眼睛，甚至长沼先生也抬头看了一眼。

那是一个秋高气爽的午后。

道世送走客人后，煮了一人份的冷冻乌冬面，捞起后在碗里打个鸡蛋，撒上一撮碎海带。接着，她把桌子拖到正对后院的窗前，一边凝视在风中轻轻摇摆的茗荷叶子，一边吸溜乌冬面，渐渐感觉自己心中也吹过了一阵清风。本来很普通的乌冬面，竟变得沁人心脾。

然后，她久违地走进了土间 ①。那是一片分隔店铺与居住空间的狭长区域，现在还堆放着一些以前父母经营洗衣店时用过的工具。

父母去世后，道世决定开杂货店，就把原来店里的大部分东西处理掉了。可是这些大洗衣桶、熨衣机器和撑子都是她从小看着父母使用的东西，怎么都舍不得扔。父母曾对她们说："洗和

---

① 土间，日式建筑的一部分。通常设在房屋门后，穿过土间才能走上地板垫高的生活区。旧时这部分空间直接为泥土地面，故有此名称。——译者注

服不是你们的工作，不需要继承家里的店。"道世听了那句话，跟随姐姐的脚步去了东京。可是她很害怕，如果把这些碍手碍脚的工具都扔了，她可能真的会变成孤身一人。每次走下土间，道世都会轻轻触摸那些陈旧的工具，心中默念"我们都是残存者"。这些工具会比她活得更久吗？还是自己会活得更久？她再也想不清楚。只要她有意，只需打个电话，这些旧工具就会被运走，或是烧毁，或是碾碎，不复存在。可是她自己也一样，只需命运在无形中使个眼色，她就会踩空一级楼梯，或是在银行窗口晕倒撞到头，转眼间也被焚烧掩埋，不复存在。这种茫然而怠惰的人生转眼已经过去了七十一年。

装和服的盒子就放在洗衣桶上。姐姐死后，她想给几个晚辈留下一些东西，就开始整理此前没怎么动过的旧衣箱，没想到找到了这个。盒子里装着小孩用的红格子和服。她不记得自己穿过这个，所以应该是祥子住在这里时，她父母买给外孙女的东西。道世抱起盒子，突然感觉自己像抱着一个孩子的空壳。她想把盒子放到起居室，方便祥子随时过来拿。可是听刚才的电话，她猜测母女俩这段时间肯定来不了，于是她又把盒子放回了原处。

来到起居室窗边，太阳的位置还很高。

道世拿起厚实的针织衫，带上装了煎茶的保温瓶，还拿了一小篮从货架上挑出来的过期巧克力，放在院子里。接着，她又走进起居室搬了躺椅，在上面躺了下来。若是觉得嘴太闲了，她就吃一块巧克力，喝几口煎茶。风拨动着院子里的草叶，又轻轻拂过脸颊。

道世合上了眼。很久以前，她跟那个原本要搬到楼上的男人，用奇怪的姿势在这张躺椅上温存过。那是她最后一次与男人肌肤相亲。那段记忆充满艺术感，就像看电影一样。经过无数次回忆，她已经再也分不清哪些是现实，哪些是自己的想象。不过，只要睁开眼，她就能看见自己为那个男人重新修缮的空间，现在已经充满了另外一家人的生活。顺便再看看自己在玻璃上的倒影，还能看见如今生活在楼下的并非那个男人的母亲，而是已经到了他母亲年龄的自己。她已经重复过无数次这样的认知，但每次都像第一次发现事实似的，然后重新接受。

今天，道世没有这么做。

她只是闭着眼，任凭清风拂过面颊，沐浴在温暖的阳光下，静静地感受。

"婆婆，婆婆。"

被人摇晃肩膀的感觉很舒服。道世虽然醒了，还是躺着装睡了一会儿。

"婆婆，你这样会感冒。"

美美拿起滑落的针织衫，重新盖住了道世的上半身。道世睁开眼，周围已经变昏暗了。

"妈妈说真不好意思。"

"啊？什么？"

"胸罩。"

美美张开十指，在胸前比画了两座大山。道世忍不住笑了，美美也笑了。美美丰满的脸颊上露出了小小的酒窝，身上还散发着桃子一般甘甜的气味。

"你刚放学？"

"嗯，我肚子饿了。"

美美咚咚咚地走上楼梯，中途"啊"了一声，回过头来。

"店里好像有人，是修理工吗？"

道世在躺椅上撑起了身子。

"店里？"

"嗯，你不是还没关卷帘门吗，我还以为是电工呢。"

道世连忙穿过通往正门的小路，从门外看了一眼店里的情况。在路灯的照耀下，昏暗的店铺内赫然有三个人影。

"你们在干什么？"

她打开门，但是没听见感应门铃的声音。"啊啊啊。"那是峰岸先生的声音。

"我们被发现了。"还有村田的声音。

她想摸黑往里走，却踢到了一个很硬的东西。那个瞬间，不知何处传来啪嚓一声，店里亮起了灯。当道世发现是什么在发光时，忍不住大吃一惊。只见平台上出现了一棵巨大的圣诞树，上面挂满了彩灯。彩灯照亮了天花板，只见那上面也多出了今天在电视上看到的小小装饰品。货架上堆着白色棉花团，还装饰着雪人和圣诞老人的玩偶。收银台被如同巨大金色毛虫的彩条包围着，在圣诞树的照耀下闪闪发光。刚才她踢到的东西，原来是一座高度及腰的立体驯鹿雕像。就在那时，驯鹿突然吱吱作响，还发出了苍白色的光芒。

"道世女士，感谢你一直以来的陪伴。"村田站在那片光芒中，朗声说道，"这是我们送给你的小小圣诞礼物。"

"……圣诞礼物？"

"是的。你白天看到电视上的圣诞树，眼睛真的在闪闪发光，于是我就有了这个主意，希望你能喜欢。"

"驯鹿是我家的。"峰岸先生指着门口的驯鹿说，"圣诞树是长沼先生的。"

"可现在才十月啊。"

"我们知道。"村田的夹克衫胸前多了个圣诞老人的胸针，"虽然现在还早，可是道世女士，我们都生活在今日一别可能永远不能相见的世界啊。请等一等。"

村田走到平台旁弯下腰，拿起一样东西递给了旁边的长沼先生。那是一个点缀了很多大草莓的特大号蛋糕。峰岸先生用点火器点燃了蛋糕上的蜡烛。

"阿道，快吹蜡烛吧。今天是这家店和阿道的圣诞节。"

她愣愣地站在原地，脑子里一片混乱。长沼先生高高端起了大蛋糕盘子。摇曳的火光映照着三个看起来极易燃烧的干枯老年男性，他们都眯起眼睛看着自己。

道世无声地接过蛋糕放在平台上，先抓住长沼先生的肩膀推出店外，然后把峰岸先生和村田也赶了出去。峰岸先生嘴上一直在抵抗，村田却老老实实地走了出去。她被门口的驯鹿绊了好几次，接着拾起落在地上的焦糖色拐杖，也扔了出去。

"请你们不要多管闲事。"道世站在玻璃门前，对他们说，"这里是我家。"

随后，她啪地关上门，从里面上了锁。下次下午休息也得锁好店门了……她边想边环视整个店铺。现在她真的感觉自己在睡着时被人擅自打开身体，取出一条肌腱移植到了另一个地方。短短几个小时内竟能找到并装上如此多装饰物，那三个人的行动能力倒是真让人佩服。可是，他们完全想错了。她正要拆下收银台周围的金色毛虫，不经意间发现圣诞树底下放着一块白色纸板，上面是红色和绿色的马克笔字迹——"道世，圣诞快乐。我们喜欢你。达夫、善之、晃太郎"。

道世坐在平台上。两个草莓从蛋糕上滚落下来，掉在了地上。她再仔细一看，发现蛋糕上的草莓不只少了两个，而是缺了四五个。是村田或长沼先生端盘子的时候掉了吗？还是峰岸先生点蜡烛的时候碰掉了？又或者是她自己接过盘子时弄掉了……反正大家都像不知不觉从蛋糕上掉下来的草莓。想到这里，她感到了全身冰冷。大家若是明天不小心踩到掉落的草莓，说不定都意识不到自己踩到了。

她眯着眼睛看向门外，发现三个垂头丧气的男人还站在旁边的路灯下。

道世走向店门，解除反锁，拉开了一条缝。接着，她转身捡起地上的草莓，走进厨房烧起了热水。

星标

私の家

　　书架另一头有人在翻报纸。指尖搓开薄纸、划过空气的声音就像导雨槽的水声一样，顺着墙壁流到脚下。

　　梓坐在杂志区最深处的凳子上，已经盘着腿看了一个小时的书。工作日白天的图书馆没什么人，前方的通道不时有人经过，搅动空气带起地板蜡的气味。如果有人吃着糖路过，还能留下一阵甜香。

　　她腿上的书展示了放大的皮肤断面彩图。它看起来就像塞满了神奇古生物化石的太古底层。角质形成细胞、朗格汉斯细胞、黑色素细胞、弹性蛋白、顶泌汗腺、层状颗粒……据说是由这些东西组成的皮肤一直在衣服底下阵阵发痒。她实在忍不住，就翻开袖子看了看，发现起床时手肘内侧出现的一小片湿疹已经蔓延到了手腕附近。她感觉身体内侧有个滚烫厚重的东西不断膨胀，被挤到了皮肤表面。与其说痒，不如说紧绷。她隔着衣服揉了揉胳膊，同时抬头看向奶油色的天花板。那上面开了三个篮球大小的圆形天窗，每扇窗子上都贴着悬铃木的树叶，仿佛被压扁的蝙蝠，笼罩了整块玻璃。

她刚合上书，背后的自动门就打开了。紧接着，宛如木槌敲打太鼓边缘的脚步声气势汹汹地响了起来。她回过头，眼前瞬间闪过一个浅蓝色的运动包。那个姿态，运动包摇晃的样子，挺胸的动作……尽管不想承认，但梓还是一眼就认出来了。

她站起来，尽量安静地走向里面的书架，然后躲在角落伸头窥视。母亲停在五号书架前，放下运动包，拿起一本书架在肚子上翻开了。那里是家庭医学区，梓一个小时前也从那个书架上拿了现在这本书。她看了一会儿，母亲还是没发现她，于是她从书架背面移动到"建筑土木"区，透过书本和书架顶面的缝隙偷看另一边。稍微低下头，她就看见了母亲的眼部。只见母亲皱着眉，用责备和怜悯的表情阅读书上的文字。若是排除她站在书架前这个场景，那个视线前方即使换成小时候的姐姐和她自己，也不会显得多么奇怪。每次女儿们干了坏事，母亲都会这样看着她们。不管是看到沾满泥水的衣服、落在榻榻米上被踩扁的水果，还是粉碎的盘子，母亲都会露出同样的表情。今天早上，她也用这种表情看着梓双臂上的红色湿疹。

女儿思考这些时，母亲突然合上书本，再次发出同样响亮的脚步声，走向了出口。虽然不太可能看错，梓还是有点担心。她和母亲只隔了一个书架，母亲却完全没注意到她。以前发生过这种事吗？不管在超市还是游乐场，不管在什么样的人群中，无论相隔多远，母亲总会像猛禽一样发现她，笔直地冲过来狠狠揪住她的后领口。

梓把书放回书架，离开了图书馆。她看见母亲挎着运动包的背影，笔直地走向图书馆与隔壁公民馆共用的大停车场。

"是妈妈。"

白色小汽车笔直地驶向停车场出口。即使白天的阳光无比耀眼，她还是看到红色刹车灯亮了起来。梓站在自行车停车场生锈的屋顶下面，静静地看着汽车驶出大门。随后，她解开车锁，握住发黑的车把，蹬动踏板。

"吃拉面吗？"

落在地上的半透明塑料袋被摊得平平整整，底下露出了饼干盒笔直的尖角。

"吃。"

母亲比女儿晚了将近十五分钟才回到家。十五分钟前，梓骑着自行车靠近家门，隔着围墙发现白色小汽车还没开回来。那个瞬间，她决定不把自己在图书馆看到母亲的事说出来。她揉着胳膊，呆呆凝视着上午的新闻报道，没过多久，母亲就端来了搭配豆芽和两片薄鱼片的盐味拉面。她把面碗放在摊开的早报上，一边看报纸一边吸溜面条。

"你看，好像比早上更严重了吧？"

梓挽起袖子，露出整个前臂。母亲看了她一眼，随后惊呼一声。

"你没去看皮肤科吗？"

"我想去之前先自己查查。你知道吗，皮肤原来是死掉的细胞。"

"嗯？"

"皮肤，或者说皮肤表面裸露的部分其实是深层部分的细胞死后，向上堆积起来的东西。也就是说，人类全身都裹着一层死掉的细胞。"

"什么？"母亲抬起头，疑惑地眯着眼，"怎么突然说这个？"

"护肤霜。"

"啊？"

"可能因为护肤霜。"

"什么护肤霜？"

"就是抹在身上的护肤霜。"

"哦……"

"昨天洗完澡我抹了一点，放在洗手间架子上的那个。我觉得问题就在那里。"

"架子上……白色瓶子里的？"

"嗯，那个有问题？"

"倒不是有问题，而是混了很多东西……"

"混了什么？"

"怎么说呢……各种东西。"

"只有涂了那瓶护肤霜的地方起了湿疹，它可能不太适合我的肤质。"

母亲停下筷子，躲开梓的视线，凝视着院子。女儿在夏天一直蹲在院子里，现在那里已经完全看不到杂草，家庭菜园的围栏里面只剩下干燥的土壤。虽然看起来干净了不少，但不知为何，现在这个院子似乎比原来那个满是杂草的院子更荒凉了。

她以为母亲也跟自己一样，想看有关皮肤问题的书籍，因此母亲如此平淡的反应让梓感到很意外。她还以为母亲很担心早上看到的湿疹。

"你知道吗，"她喝了一口水冲淡嘴里的咸味，然后说，"成年人的皮肤全部剥下来足有三公斤重，比大脑和肝脏都重。"

"哦，是吗？"

"不只是护肤霜，所有护肤品、服装，还包括洗涤剂，只要一旦激发皮肤的免疫反应，就会造成损害。有的人甚至对汗水和水过敏……"

"现在吃饭呢，别说那些。"

"这又不脏。"

"你说那瓶护肤霜是毒药吗？"

"它对妈妈无害，但抹在我身上就成了毒药。而皮肤起到了迅速排除毒药的作用……"

"你突然说这么多话，到底想表达什么？"

梓发现母亲的语气变化，也停下了筷子。

"够了吧。"

母亲明显很烦躁。梓垂下了眼睛。过了一会儿，她鼓起勇气抬头，发现了熟悉的猛禽目光。那个目光近在咫尺，仿佛在凝视愚蠢的猎物。

"随便用我的护肤霜，结果起疹子了。你还有意见了？对你来说，这就是天大的事情了？"

"你怎么了……"

"趁这个机会，我也直说了吧。你说皮肤有皮肤的作用，人当然也有人的作用。无论在社会上，还是在家庭里，每个人都有自己应该做的事情，这才是人间正道。你呢？你赖在家里假装蓬头垢面的海参已经多久了？两个月了吧。人不可能长生不老，你再大一点就不得不屈服于自己的身体，每天小心伺候着自己的身体生活了。"

梓没有说话。母亲用筷子把面汤上的豆芽划拉到一起，举起碗一口气喝了下去。

"你那本书上是这么写的吗？"

母亲没有回答。梓拿起自己的面碗，走上了二楼。

她早有预感会挨这顿骂，但还是被打了个措手不及。梓站在挂镜前，胡乱揉了揉睡得乱蓬蓬的头发。接着，她又仔细打量了自己的脸。她的脸型好像的确比住在东京时圆润了不少。脸上冒了不少痘，体重也增加了好几斤。"海参。对啊，这两个月我过得的确跟海参一样。"母亲的话精确得让她无所适从。她的确感觉回到父母家后，自己的身体缓缓变化成了她也说不清道不明的东西。母亲一提起海参，她突然醒悟了。她要甘当一条海参直到老去，还是重新振作起来？此时此刻，她面临着人生的重大转机。可是在此之前，她必须先让自己填饱肚子。她趴在书桌旁吸溜剩下的面条，突然有人打开房门，往地上扔了个东西。

"赶紧去医院看病！"

落在地上的东西，原来是一本厚重的电话簿。没等她来得及回话，走廊已经响起了吸尘器的轰鸣声。

白天在外面看"鸦"，那座小房子就像刚从土里刨出来的方形芋头，小小的窗户、磨砂玻璃门和马赛克外墙都被岁月冲刷得黯黑，让人感到无比冰冷。

到了晚上，挂着"准备中"的门前会多出一块随意放置的正方形小招牌，周围缠着好几圈灯线。

梓隔着车窗凝视那清冷的光景，给野田打了电话。

"怎么了？"

野田听起来很高兴。如果等会儿他骑车过来，那就是两人初中毕业后第一次白天见面。

"没什么，我突然想开车出去，问你要不要一起来。"

"啊，现在？"

"现在。"

上个月，梓跟野田在"鸦"店里重逢了。她刚回来没多久，曾被一个"鸦"的客人搭过话，野田就是那个人的儿子。那天，梓看到他坐在父亲旁边，弓着背玩手机，一眼就认出那是自己的初中同学。两人曾经在技术家庭课被分成一组，梓还记得野田用烙铁烧焦了笔盒。十几年后，野田已经成了一名更显笨拙的青年。经他父亲介绍后，野田也没跟梓说几句话。不过从那以后，只要梓打开"鸦"

的大门，野田父亲就会马上打电话给儿子，而野田也会立刻骑着自行车赶过来。他们还出于"物以类聚"的理由，被迫交换了电话号码，野田给她打过几次电话，她一次都没接。也不知道究竟被抓住了什么把柄，野田都这么大了还被父亲使唤得团团转。每次梓看到他这样，都觉得自己也受到了侮辱。

"你要去哪里呀？"

"皮肤科。"

"啊？"

"开玩笑的。你想去什么地方，我带你去吧。"

"想去的地方……"

"来不来？"

"要到几点啊？"

"无所谓啊。你有事吗？"

"那个，今天是……我妈生日。"

"什么？"

"家里预约了餐厅六点的座位……每年我们都是一家人出去吃饭，我妹也要回来……"

"那就算了。"

"不过到五点左右应该没问题。"

"就算回不来也没问题吗？"

"啊，那就……"

"算了吧。代我向你母亲问好。"

梓强忍住对电话吐口水的冲动，拿出了插在驾驶席车门储物格里被晒得褪色的关东地区公路网地图。就算在比例尺最大的地图上，梓所在的卯月原町也只有二指宽。他们家的位置上有个红色圆珠笔画的标记，那个星形标记画得很大，左下方的尖角还包住了梓目前所在的"鸦"。

地图册里贴着好几条便签，每个标记的页面上都能看到红色星标。一个是纯子姨妈家，一个是住在高崎的母亲旧友家，但是她猜不到千叶草深町的星标和厚木七泽町的星标是谁家。最后一页的星标在茨城伊锅町，那应该是姨婆家。

小时候，母亲曾开车带梓和灯去过几次姨婆家。那是一家开在小巷子里的小商店，她们可以随意挑选商店里的零食。这固然让她高兴，可是姨婆本人却有点不好接近。她总是冷着脸，不怎么说话，对小孩子也没什么笑容。今年葬礼时，梓又见到了久违的姨婆，可能因为那是她亲姐姐的葬礼，姨婆还是不苟言笑，一次都没有主动开口说话。做完尾七法事吃饭时，她也不加入对话，而且第一个吃完饭，独自坐在那里喝茶。

要不去姨婆家看看吧。想到这里，沉闷的心情似乎得到了一点新鲜空气。与此同时，梓突然想起了她独自坐在窗边，目送另外三个家人开车出行的儿时光景。那时她还没上小学。她记得，那天一家人要去百货公司，可是出门前因为一点小事吵了架，梓闹脾气不愿意去。她一个人在家里后悔得哭了一场，后来觉得还是应该出去，想着想着就认定自己一定要出门，于是独自离开了家，并且第一次独自坐上了公交车。在电车站下车后，她又一个人闲逛了将近三十分钟，最后在百货公司的地下食品卖场找到了三个家人。不对，应该是被母亲发现了。

一想到自己在那个既没有手机也没有公交卡的时代独自完成了那种壮举，梓就感觉自己充满了力量。现在她不仅有手机，还有公交卡、驾照和钱，为何不能心血来潮地独自去看姨婆呢？虽然没有今天必须要去的理由，但是她想起了母亲一直想去姨婆家拿和服。如果她一个人去把和服拿回来，应该能有所挽回吧。挽回，在这种情况下，这个词显得格外奇怪，而且格外讨厌。话虽如此，她这两个月来放任自己懒惰无为，把做饭洗衣全都推给母亲，导致心中时刻存在着忠诚与叛逆的交战，激发了某种不同于青春期的情绪，令她总想做一些无意义的行动。

驾车出发后，她几次开进便利店或药妆店的停车场查看地图。

每次她都数好到达转角前的信号灯个数，并且小心翼翼地驾驶，但还是好几次开错了路，不得不回到开错的地方，重新朝正确方向出发。她的驾驶技术不太熟练，但是沿途路况千变万化，让她乐在其中。一条直路时而跨过大河，时而进入一大片金色的稻田，不一会儿又进入了加油站和餐饮店林立的市区。不仅是周围的景色会改变，道路本身也时而变宽，时而变窄，或是变得弯弯曲曲。

一路踩着油门，梓突然想，如果她能永远顺着这条路开下去就好了。她又想起了童年——当天来回的自驾游归途，她在后座上昏昏欲睡，做了好多梦。梦醒之后，看到熟悉的家门被路灯照亮，突然觉得从那一刻开始的生活——洗澡、根据明天的课表准备教科书、用葡萄味的牙膏刷牙——全都让人烦躁不堪，恨不得这个家彻底消失，从此大家就在车里，她就坐在后座上度过一生。

如今她坐在驾驶席上，所有后座上看不到的风景全都毫无遮拦地穿刺了她的身体。她一度在昏昏沉沉的状态下祈祷其消失的房子依旧坐落在那个河边小镇，可是她几十分钟前离开的家，父母住了三十多年的家，已经不再是当时那个家了。正如她所愿，曾经所有人像丸子般挤成一团回归的家，早已消失不见。

或许她并不适应"居住"的状态……脑中突然冒出这个想法，梓不由得苦笑。能产生这种想法，恐怕证明她已经连海参都不如，早已退化成了更低级的生物。尽管她渐渐走出了失恋的痛苦，但是被赶出住处的体验还是在梓的心中留下了浓重的阴影。她被人像西瓜籽一样抛出了早已住惯的地方，而且今后无论独居还是同居，都有可能出于感情或经济的问题重复这样的体验。只要她对这个可能性心怀恐惧，就不可能再从"居住"这一生活形态中获得安稳。邋邋遢遢、蓬头垢面的海参。她又想起了母亲的话语。海参居住在深海，或者说，它们存在于深海，只是栖身而已。她是否也能单纯地存在呢？是否也能与"家"这个空间形成居住以外的关系呢？……她想象着栖身海底的海参，同时又想象着深夜站在芋田里的自己，被藤蔓覆盖、随风翻滚、顺着大地的起伏摇摆。这样多好。

跨过利根川，她又往前开了一段时间，继而开进一个超市停车场，想上个厕所。这时她又想起了一段经历——那时他们一家四口还生活在一起，但距离梓独自去百货公司已经过去了很久。一天，母亲去看望道世姨婆，买了一大堆冷冻食品回来。母亲打开冰箱冷柜，一边往里面塞东西，一边兴奋地说："告诉你，妈妈路上突然闹肚子了，就在马上要憋不住的时候，连忙开进了旁边一座大楼的停车场，跑进去借厕所。那里有个阿姨，头上戴着好像豆腐的方帽子，好像一直等着我似的二话不说就给我带了路，真的太感谢她了。后来我在隔间里待了三十分钟，一身轻松地走出去，才发现那是个冷冻食品的工厂。为了表示感谢，我才买了那么多冷冻食品！"

好不容易开到伊锅町，已是黄昏时分。

梓的记忆中，这只是一段两个小时的路程，可是她途中几次开错路，又在便利店的停车场睡了一觉，结果花了四个多小时。

姨婆家是住宅区的私人小商店，当然不会出现在地图上。她根据星标和模糊的记忆，驾车缓缓穿行在住宅区的小道上。由于这里的路并非棋盘状，她有时在同一条路上来回开了好几趟，有时又走进死胡同，就这么摸索了半个多小时，发现前方转角处的房子陆续走出了三个男人，前头是手持拐杖的高个子老人，后面跟着两个年龄相仿的人，一个戴贝雷帽，一个穿夹克衫。在街灯的白光映照下，他们就像一队亡魂，梓不由得看呆了。驾车靠近一些，她又发现那几个"亡魂"刚刚离开的建筑物，正是她要找的"砧商店"。

梓没有停车，而是缓缓驶过了三个老人身边。前方就是两车道的大路，她便在和式点心店旁边的停车场停了车。掏出手机一看，野田给她打过电话。现在是五点二十七分，再过半个小时，他们一家人的聚会就要开始了。母亲没有给她任何消息，或许还没发现家里的车被开走了。

她步行回到砧商店门前，阴沉的天空已经染上了更浓郁的夜色，分不清是飞蛾还是蝙蝠的小东西成群结队地在住宅区屋顶上盘旋。隔着商店玻璃门，她看见一个发光的大驯鹿摆件，令人惊讶的是，里面还有一棵更大的、与时节毫不相应的、闪闪发光的圣诞树。走近一看，昏暗的玻璃门另一侧突然冒出一张小脸，梓吓得尖叫一声，与此同时，道世姨婆开门走了出来。

"那个，打扰了。"

姨婆面无表情地看着她，一言不发。

"我是梓。那个，就是住在卯月原的祥子的女儿……"

"你是祥子家的啊？小女儿吗？"

"嗯……"

"你来了？"

"啊？"

"拿和服？"

"啊，嗯，拿和服……"

"上午祥子来过电话，说过几天会来，怎么今天来了？"

"啊，呃……"

"今天真怪。"姨婆拿起手上的棍子，指向梓的脚下，"我要关卷帘门了，你站开点。"

她刚挪开，姨婆就举起棍子，钩着卷帘门一口气拽了下来。

"从后面进屋吧。"

姨婆头也不回地走进了商店旁的小巷。梓慌忙跟了上去。屋后是个小小的庭院，正门旁边有一段楼梯直接通往二楼。楼上的房间亮着灯，窗缝里传出了热闹的电视声。她跟着姨婆走进大门，隔着换鞋区直接就是起居室。房间中央有个小号被炉，右侧是水槽、冰箱和餐柜，左侧是衣箱和凹凸不平的磨砂玻璃拉门。

"不好意思，先过来帮帮忙吧？"

姨婆穿过厨房，掀开短帘走进里屋。小水槽里堆放着茶杯、印花小碟和沾着奶油的叉子，仅仅这些就已经满满当当。梓跟了过去，穿过只有三步长的走廊，发现短帘另一头就是店铺。圣诞树还在闪烁着夸张的光芒，收银台旁的小蜡烛也与之呼应，摇曳着小小的火光。

"收拾。"

"啊？"

"帮我把周围这些棉花一样的东西收下来好吗？还有天花板上吊的东西。"

她抬起头，发现天花板上挂着许多礼物包和铃铛形状的装饰物。接着，她又发现周围撒满了白色棉花，以及许多雪人和圣诞老人的玩偶。

"刚才在开……圣诞派对？"

"只是喝茶而已。东西都收进那个箱子里吧。"

　　道世姨婆正如儿时记忆和前不久法事上的印象，给人一种难以亲近的感觉。莫非老年人经常搞这样的聚会吗？只要来了心情，无论什么时候都能欢庆新年，甚至赏花吗……她呆呆地想着，默默收拾起满屋子的棉花。她还惦记着刚才姨婆说的"祥子来过电话"。莫非那场争吵过后，母亲依旧凭借猛禽的直觉，预料到女儿会来这里？如果真是如此，那她恨不得马上离开这里，开车去地图上没有的地方。

　　收拾东西时，厨房一直传来清洗东西的声音。水声停下后，姨婆又抱着一个细长扁平的盒子走了过来。

　　"给，和服。"

　　梓站在收银台前，正忙着取下金色彩条。她接过盒子，放在地台上打开一看，一片鲜红色映入眼帘。红色布面上印着不太饱满的方形白色小碎花。她拿出来仔细打量，面料触感柔软，表面凹凸不平，就像初夏时节穿的华夫格T恤。她又贴在身上比了一下，和服长度只盖住了一半大腿。

　　"这是短上衣吗？"

　　"不对，是和服。"

　　"可是这么短……"

　　"那是小孩子的和服。应该是祥子小时候穿的，我也不太清楚。"

　　"哦……"

　　梓有点反应不过来。她还以为要拿的是大人和服。

　　"对了，你怎么过来的？"

"啊？哦，开车……"

"停哪儿了？"

"呃，外面路边那家和式点心店的停车场……"

"哦，那里啊。那里应该不会说什么。马上回去吗？"

"啊？嗯……"

"晚饭呢？"

"啊，回去路上随便吃点……"

"吃完再走？"

"呃，嗯……"

她正不知如何回应，姨婆留下一句"吃完再走吧"，然后掀起短帘，回到了生活区。

不到五分钟，姨婆就端来一碗乌冬面放在被炉的矮桌上。碗里打了一颗鸡蛋，底下撒了一把碎海带，像个绿色的鸟巢。母亲和姨婆烹饪面食的速度都如此迅猛，这只是单纯的巧合，还是家族特有的习性？梓漫不经心地想着，一点都不客气地端起了碗。姨婆没有吃乌冬面，而是在矮桌另一头小口吃着山椒海带的佃煮。

"姨婆不吃吗？"

"我刚才吃了蛋糕。"

"今天真的是圣诞派对吗……"

"不是。今天凑巧而已。"

"哦……"

"店里碰巧变成这样，而你碰巧来了。"

"这样啊。"

"我吃完就睡了,你随便坐一会儿,想什么时候走都行。"

已经这么晚了?她抬头看了一眼挂钟,发现还不到七点。

"您睡得好早啊。"

"你是夜猫子吗?"

"嗯,应该算是吧……"

"祥子也是。"

"啊,真的吗?"

"她小时候在这里住过。你知道吧?"

"啊,嗯,是的……"

"那孩子很乖,只是经常想回东京的家,然后大发脾气。"

"我妈脾气是有点火暴。今天吃着吃着拉面,突然发火了。"

"是吗?"

"她虽然不会一直发火,但是特别记仇。"

"我姐也一样。我妈有时也会这样。看来那是家族遗传的暴脾气啊。虽然脑子很聪明,但是脾气暴躁。"

就在那时,挎包里传出了电话铃声。正是那个"暴躁"母亲打来的。梓对姨婆说声抱歉,站起来走进店铺。

"你把车开走了?"

站在黑暗的店铺中,母亲的声音听起来还有点僵硬。但是因为地理上的间隔,本来那个声音从母亲口中传进耳中必然会激发的反感,似乎缓和了几分。

"嗯，开走了。"

"你这是到哪国去看皮肤科了？"

"没去。我在道世姨婆这里。"

"啊，什么？"

"道世姨婆。我在伊锅的道世姨婆这里。"

"哈！"

"哈！"梓也喊了一声，突然不知要说什么。她端着手机，躲开起居室的灯光，走到装满饰物的纸箱旁边坐了下来。榻榻米承受着身体的重量，发出阵阵微响。她有点熟悉这种感觉，就像很久以前的那天，她独自坐上公交车寻找家人时，车上座位发出的响声。也有可能是电话另一端的母亲小时候独自坐在这座房子阴暗的角落里，凝视玩偶的影子，用指尖划过榻榻米接缝的响声。

"喂？梓？你怎么跑到道世姨婆那里去了？"

"嗯……"梓抿着干燥的嘴唇，双眼定定地注视着黑暗。

"妈妈，你还记得我小时候一个人跑到百货公司找你们吗？"

"啊？"

"我们出门前吵了一架，我一个人留在了家里。但我后来还是坐上公交车，独自跑去了百货公司。"

"有过这种事？不记得了。"

"真的。"

"然后呢？"

"我今天的心情也跟那天一样。"

"是吗……"母亲应了一声，沉默下来。

"刚才姨婆拿了和服给我看。那是一件红色的小和服，孩子穿的。"

"啊？怎么，原来是小孩子的和服？"

"嗯。给亚由那么大的小孩子穿的。"

"哈，你姨婆都没告诉过我。算了，既然她要给，你就收下吧。你今天打算怎么办？住哪里？现在回来有点危险吧？姨婆呢？在家吧？她怎么说？"

"她没说什么……"

"你叫姨婆过来听电话，我跟她说。"

她回到起居室说明情况，姨婆面无表情地接过了手机。听筒里传出母亲飞快说话的声音，姨婆只说了几次"我说了"，最后喃喃一句"知道了"，接着翻过手机，还给了梓。她接过来一看，通话已经结束了。

"我到楼上借被子。"

不等梓道谢，姨婆就走到玄关，穿上凉鞋出去了。没过一分钟，一个脸蛋红润、看起来健康活泼的小女生就像抱着高大的恋人一样，搂着一团被子走了进来。

"帮我搬到店铺那边好吗？"

一声脆响，店铺天花板的荧光灯亮了。小女生弓着身子，小心翼翼地躲过挂着短帘的杆子走了过去。接着，她看到地台上的圣诞树，发出了惊叫。被子被扔在地上，其中一角还越过地台，垂到了地上。女生说"我在减肥",谢绝了姨婆给的热可可,朝两人低头道了声"再见",又走了出去。

"她是楼上的孩子,叫美美。"

"啊,楼上……"

"楼上租给别人了。"

姨婆从起居室拿了一块坐垫,用毛巾包起来放在了被褥一角。

"只能让你凑合一下了。浴室从那边的房间进去,厕所在走廊右边。"说完,她穿过短帘,打开了走廊右侧的门:"另一头是杂物间,别弄错了。"

走廊另一边的拉门开了一条缝。梓盯着那边看了一会儿,姨婆干脆把门拉开了。借着起居室和店铺的灯光,她勉强分辨出一个炉灶模样的东西,还有一个大桶。里面漆黑一片,不知道有多大,还透着一股潮湿沙土的气味。

"我家以前开洗衣店,专门洗和服,撑晾和服,那些都是当时用的东西。"

姨婆没有关门,直接回到了起居室,弯腰拖开了被炉。接着,她打开收纳柜,在空出的地方铺起了被褥。梓站在走廊上问了一声:"那个,店里有牙刷吗?"

"有。"

"我能买一把吗?"

"不用买,给你吧。我要睡了。"

梓回到店铺,开始在货架上寻找牙刷。她在安全剃须刀和碧柔洗面奶中间找到了自己要的东西，但那不是她爱用的软毛小头牙刷，而是足以用来刷鞋的方形大头牙刷。

回到短帘另一头，姨婆已经钻进被窝合上了眼。她枕边放着一台竖起天线的小型金属色收音机，播音员正在用平淡的语调预报全国天气。梓看着她的脸，不禁感叹："这个姨婆已经扎根在这个地方了。"

"你可能觉得我睡着了。"姨婆闭着眼睛说道，"其实我还没睡。因为没别的事情可做，所以才躺着。"

"哦。"

"我留着电灯，你睡觉时关上。浴室篮子里放着睡衣，你拿去穿吧。"

摆在洗衣机上的浴巾又厚又冷。梓穿上领口有白色蕾丝装饰的睡衣走出来，起居室的收音机还在播放天气预报。姨婆小小的脸朝着天花板，皱纹变得很不明显。她尽量安静地绕过被褥，在厨房接了一杯水喝下去，然后道声"晚安"，关掉了房间电灯。没有回答。她不知道姨婆是否睡着了。她可能因为无事可做，可能因为不想回答，所以才默不作声地闭着眼。

她摸索着穿过漆黑的走廊，感到半开的杂物间还散发着潮湿沙土的气息。她感觉，自己很久以前也在这样的黑暗中安静地嗅过这种气息。莫非小时候到这里来做客时，她跟姐姐在杂物间玩过捉迷藏吗？年幼的母亲或是道世姨婆，是否也曾躲在那个地方，希望别人找到自己？她又回忆起刚才跟母亲通电话时的奇妙感觉。不知属于谁的半透明的记忆重叠在一起，每呼吸一次，就会堆积在肺中。

梓朝前方伸出双手，极其缓慢地走向杂物间。不一会儿，膝盖就碰到了一个冰冷的东西。她伸手摸了摸，发现那是个光滑的侧面，上面还有微微凹陷的格子状细槽。她继续向上，摸到一个圆润的角，再顺着平面摸过去，很快就变成了金属质感。继续向左摸，这回是厚重的塑料质感。那东西有她心口这么高，像是一个大桶。旁边是粗糙的墙壁，摸着摸着就摸到一块突起的金属。这好像是某种大型机器的一部分，她又摸了摸周围，只觉得都是些复杂零件，搞不清整体的形状。

梓收回双手，像被大风侵袭一般交叉在胸前。洗完澡的热乎劲已经散去，她突然觉得很冷。她想转身离开，赤裸的脚尖却碰到一个东西，接着黑暗中响起一声钝响，继而传来了宛如骤雨般的沙沙声。

梓立刻跪在地上，试图归拢散落的东西。指尖触摸到纤细的长条，没有木棍坚硬，也没有绳索那样柔软。她还以为那是做菜用的竹签，但是拾起一根摸索了片刻发现它比竹签更软，也更长。尖端还扎痛了手指。她又伸出手，在冰凉的地面上摸索。凝神一看，何止是几根，方才宛如骤雨般撒落的东西铺满了周围的地板，足有几十几百根。

大象的家

私の家

啊——还没来得及惊呼，一根细细的长条就从指尖滑落，导致手上的纤细撑子全都撒在了地上。

"又撒了啊。"

他回过头，发现头上裹着毛巾、穿着一条七分短裤的外公对他露出了笑容。与此同时，外公的手并不停歇，一直给吊在外面的绸绸布料背面打撑子。

博和连忙跪下来，归拢掉了一地的撑子。这么手脚并用地跪在地上，正好能看到撑在布料背面的弧形撑子。博和花了十分钟才打上八根撑子，而且间隔有大有小，每根的方向都不一样。外公打的撑子则间隔相同，全都朝垂直方向撑开了布料，还形成了相同角度的弧形。

博和一屁股坐在地上，把捡起来的撑子拢成一束。外公的动作依旧不停歇，顺着布料一前一后有规律地移动。外面传来了延绵不绝的知了声。炎热和焦躁让他感到脑子发昏。

"你往对面扎下去一根,这边就会自动跳出一根,顺势抓起来扎下去就好了,闭着眼睛都能完成。"

无论听多少次说明,他都找不到感觉。首先要握住撑子扎进布料另一头的边缘,然后根据外公的说法,同一根撑子的另一端就会自动跳出来,可是博和的小手怎么都掌握不了那个操作。所以,每次他都要伸长脖子,用眼睛和手确认一把撑子里究竟哪一根扎进了布料里。这样很花时间,而且为了寻找外公说的感觉,他的手还会绷得很紧,没办法灵活转动。

"我不会。"

博和一边嘀咕,一边继续归拢撑子。外公笑着说:"那不怪你。"

"因为外公每天都做同样的事情,已经做了好几十年。不过博和很有潜力。"

博和站起来,重新走到布料前,屏住呼吸扎进了一根撑子。他借助体重轻轻穿刺,手上还是没有感觉。实在没办法,他只好缩着身子看向反面,找到正确的撑子,好歹是笔直地扎好了另一头。接着,他又扎了一根……他从中间开始往右侧扎撑子,而从左侧开始作业的外公不知何时已经来到了身边。

"我要超过去了。"

博和闻言,慌忙扎了一根新撑子,但是用力过猛,手上一滑,一把撑子又撒了。

"别着急。"

外公瞬间便撑好了整幅布料，解开头上的毛巾擦了擦脸。

这是九岁的博和第三次到乡下外公外婆家过暑假。去年妹妹纯子也一起来了，但是今年他们刚到，纯子的哮喘就出现恶化，被母亲带走后再也没有过来。

跟母亲差了很多岁的妹妹，也就是博和的姨妈道世也住在外公外婆家。去年道世姨妈还会陪纯子玩过家家，今年她却一直躲在庭院的杂物间里，整天都不出来。听说姨妈明年高中毕业后就去东京工作，所以整个夏天都在屋里学习簿记。

虽然博和并不喜欢玩过家家，可是来到这里的第一天，他得知小姨妈不能像去年一样跟他玩耍时，还是很失望。道世很会用金灯果做笛子吹。相比跟这里的小孩子一起到水边抓小龙虾或是捉迷藏，他更喜欢跟道世姨妈一起吹金灯果。因为那些晒得黝黑的小孩喜欢活生生拽掉小龙虾的钳子，或是把谁家小弟推进绿油油的稻田里玩闹，博和很难融入他们。所以，今年夏天只有小他四岁的妹妹祥子跟他玩。

"哥哥，"祥子从大屋后面探出头来，"外公叫你。"

祥子顶着娃娃头，穿着麻袋似的短连衣裙，皮肤晒得黝黑，头发蓬乱，还光着脚。他已经跟这个妹妹住了一个多月，还是看不习惯。他感慨祥子真是个乡下小孩，同时想起了刚来到这里就被送回东京的纯子那苍白的皮肤。博和自己也是一晒太阳就全身发红刺痛的肤质。

博和在撑布料的小屋门口对妹妹招招手，让她来看自己正用木棍戳着玩的地蛛巢。他摘下旁边的猪草叶子递给妹妹，祥子抓起柔软的草叶，没有去逗地蛛，反倒用力抽了一下博和的胳膊。

"好痛啊。"

他抬手去挡，妹妹反倒抽得更起劲了。

这个妹妹出生时，博和已经四岁了。不知为什么，她被寄养在这里，由外公外婆抚养长大。他不太记得那个从早到晚哭个不停，抱起来像热水袋一样暖洋洋的婴儿从家里消失那天的事情。等他反应过来，祥子已经不见了。母亲每年都有几天会来往于东京和茨城娘家，但只有暑假会带两个大孩子过来。来到乡下的头几天，博和还有纯子，甚至他皮肤白皙的爸爸妈妈，都有点不适应这个跟他们毫不相似的活泼小妹。同是爸爸妈妈的孩子，只因为每天吃的饭和住的地方不一样，就会变得如此不同，这让博和感到很不可思议。每年见到妹妹，她的皮肤都变得更黝黑，眉眼更清晰，瞪着明亮的大眼睛在屋子和庭院里跑得更起劲。不是说她不可爱，只是乍一看有点像饥饿的野猴子，让人有点害怕。

他陪妹妹玩了一会儿，想起外公在叫自己，便扔掉了木棍。

"我去外公那里。"

博和留下妹妹，从后门走进大屋，在大榻榻米房间找到了外公。外公正在准备手工整烫，大铜壶上的 T 形铜管冒出了阵阵蒸汽。

"博和，过来帮忙吗？"

博和应了声"好"，外婆正好捧着绞染的布料走了进来。

博和站到熨斗另一头，扯住布料一端，外婆则抓住布料另一端慢慢展开。外公站在中间，将铜管冒出的蒸汽对准布料，整平表面的皱褶，用手指整理幅宽。因为有烫伤的危险，外公还没有教博和做过这个。

每年夏天帮外公外婆做事，博和都会觉得洗衣店的工作很有意思。先把和服的缝线拆开，然后清洗、上浆、晾干，最后整烫。这个工作虽然很花时间，但每个工序都精确合理，而且都会发出独特的声音。拆缝线时能听到布料轻轻摩擦的声音，清洗时则是咔嚓咔嚓的嘈杂声，整烫时又能听到蒸汽腾起的嘶嘶声。厚重的结城绸要用机器整烫，固定用的针会发出噼噼啪啪的清脆响声，像一个个小太鼓。御召、绸、铭仙这些面料的手感会有微妙的差别，近在咫尺地打量精致的花纹也让他乐在其中。一件件陈旧的和服经过外公外婆的精心打理，会变得像新和服一样，看得博和自己也有了精神。

布料还剩一小截的时候，博和抓着尾端一点点靠近外公。由于铜管一直冒出高温蒸汽，外公已经满头大汗。就在那时，另一头的外婆突然露出了惊讶的表情。博和回过头，发现满手泥泞的祥子从门缝里探出头来。

"丸子！"

祥子的两只小手穿过门缝，手心里抓着三个小泥丸，每个泥丸上都装饰着紫色的小果子，但博和发现那是有毒的商陆果子。

"真好看。"外婆拽着布料微笑着说道。外公依旧盯着正在整烫的部分。

"祥子，等外婆干完活，就带你吃点心。你把丸子放在外面，先把手洗干净，然后去叫阿道吧。"

泥丸子消失在门缝之外。走廊上传来了祥子光脚跑步的声音。

"外公，"博和盯着外公像尺蠖一样在布料上游走的手指，问了一句，"阿道真的要来东京吗？"

"应该是。"

"那她要跟我们一起住吗？"

"嗯。"

"阿道做饭好吃吗？"

"怎么，博和想吃道世做的饭啊？"

外公笑了，博和也一起笑了。不过，他真的很希望阿道能跟他一起住在东京。她可以每天辅导他做功课，还能用自己不知道的办法给母亲打气，说不定还能教会他怎么吹金灯果。

整烫完成后，就是到起居室喝茶的时间。他和外公外婆，还有道世和祥子围坐在矮桌边，一边喝麦茶一边吃威化饼。一想到明天母亲就要接他回东京，博和就有点伤心。每次从东京过来，母亲都会特别开心。不等他口渴就会买甜甜的果汁，发现运动鞋脏了，也会用打湿的手帕帮他擦干净。可是每次从乡下回东京，她都会变得很安静，一路都不怎么说话。回到家后，她马上会说自己累坏了，然后走进"妈妈的房间"埋头大睡。在建筑公司工作的父亲每天都很晚回来，所以母亲不舒服时，博和与纯子会自己想办法弄点饭吃。父亲有个亲戚叫小暮阿姨，有时会过来帮忙做些家事，但母亲很不喜欢那个人，所以每次阿姨过来，她一步都不会离开房间。

"外婆，玩打滚。"

吃了一嘴残渣的祥子靠在了外婆弓起的背上。外婆往前一倾，她就咕咚一声滚在了地板上。也不知那究竟有什么好玩，祥子一旦玩起这个，就会央求外婆一遍又一遍地重复。每次滚到地上，她都会抱着肚子大笑。外婆也不厌其烦地喊着号子，陪她反复玩那个游戏。

看着看着，突然有人猛拍一下博和的胳膊。他惊叫一声，发现是坐在旁边的道世。

"对不起，有蚊子。"

博和拿起手巾擦掉胳膊上的蚊子，道世也用手巾擦掉了手上的血。

"蚊香烧完了。"

道世嘀咕着站了起来，长长的麻花辫垂在身后轻轻摇晃。滚到地上的祥子也跟了过去，看着道世收拾掉外廊的蚊香灰，又点燃新的换上。外公不知何时躺了下来，发出阵阵鼾声。外婆一手撑在矮桌上支着下巴，另一只手拿着扇子扇风，也闭上了眼睛。

真希望时间过得再慢一些，真希望今天一直不结束，他能一直跟这四个人待在一起。博和默默地吃着威化饼，对巨大的存在发出祈祷。那个巨大的存在一直存在于博和心中，宛如高耸的山峦，扎下深深的根，一直延伸到双手不可触及的高度。他曾经管它叫神，又觉得过于夸张，难以接受。那个巨大的存在缺乏具体的轮廓，因此无法定义。他只知道那是个巨大无比的存在。无论他怎么呼唤，门后的母亲都不予回应时，他既无法融入打陀螺的男生群，也无法融入玩洋娃娃的女生群时，深夜难以入眠时，博和都会对那个巨大的存在说话，注视那个不知何时出现、为何存在于此的模糊阴影，然后陷入沉思。

"打扰了。"——外面突然传来声音。外婆睁开眼，站起身，揉着眼睛走向纸门另一端的店铺。外公也撑起了身子，走向厕所。道世正对着摆在矮桌上的杂志，但她撑着下巴低着头，也不知究竟是在看杂志，还是睡着了。祥子拿起外婆装饰在壁龛上的手指玩偶，套满了十根手指，一个人玩得正欢。短短几秒钟前，这个房间里的人还好像被包裹在同一个泡泡里，可是意外的来客刺破了那个泡泡，让他们各自流散了。

过了一会儿，外婆回到屋里，手上多了个粉色的布包。

"祥子，我这儿有件好看的小衣服，快过来看。"

正在对玩偶说话的祥子转过头，眯起眼睛问："在哪儿？"

"不过这是小姐姐穿的，祥子穿还有点大。这是坂本爷爷家孙女的礼服。"

布包里装着一身桃红色的四号和服。祥子跑过去，趴在外婆肩上打量起了那件衣服。"真漂亮。"外婆说着展开和服，贴在祥子身上比了一下。虽然博和觉得像野猴子一样的妹妹跟那件桃红色和牡丹花纹的和服一点都不相称，但外婆还是高兴地感叹："真可爱。"

"你这样该弄脏了。"

道世抬起眼，拿起博和刚擦过胳膊的手巾，擦了擦祥子的嘴角和双手。外婆拉着祥子走到外廊旁边的穿衣镜前，给她披上了和服。

"祥子还是太小了。等你再长大一点，外婆就给你做好看的和服。"

"外婆，"博和忍不住插嘴，"那件和服要在这里洗吗？"

"对。这和服真好看。"

"我可以试试吗？"

"哦，博和要洗吗？"

"嗯，我来洗。"

"博和，妈妈明天就要来接你了吧。"

外公上完厕所回来，拿起刚脱下的汗衫擦着汗说。

"洗衣服要按顺序，明天来不及。还是下次吧。"

"明天不行吗？"

"不行。"

祥子躲开外婆帮她脱和服的手，在屋里四处乱跑起来。她小小的身体被包裹在布料中，像个巨大的桃红色蝴蝶。

傍晚，外公外婆换上浴衣，出门参加町内会的集会。

他们临走前吩咐博和收拾好行李准备明天出发，但博和怎么都提不起心情，干脆到后院陪妹妹搓起了泥丸。

无论是布偶还是过家家，祥子玩起来都很随便，唯独搓泥丸的时候精神特别集中。她先用小铲子挖土，然后一点点加水，仔细搅拌均匀，再用手心搓成圆球，装饰上树叶或者果子。只要形状稍微不对，就会从头再来。最后，她会把泥丸摆在公园捡来的悬铃木大叶子上，个个油光发亮，就算摆在和式点心店柜台里也一点都不逊色。

"等祥子长大了，可以去卖丸子。"博和说。

"哥哥也来玩。"祥子塞了一坨不成形的泥巴给他。

"将来你要卖丸子，可以到学校门口开店。小朋友都喜欢吃丸子，肯定很赚钱。"

"不要。"

祥子气哼哼地说。

"那祥子将来想干什么？"

"开洗衣店。"

"像外公外婆那样？"

"嗯。"

博和哼了一声，开始搓泥丸。搓着搓着，土块变成了尖角，像个细长的将棋①棋子。他把自己的丑丸子摆在了妹妹浑圆的丸子旁边。

"祥子真好啊，可以一直住在这里。"

祥子默不作声，继续揉搓泥丸。

"祥子，其实你想回东京的家吗？"

---

① 将棋，一种流行于日本的棋盘游戏，棋子呈钟形，前端较尖。——编者注

祥子张开手，拍扁了刚搓好的丸子。接着，她嘀嘀咕咕地说了一会儿听不清的话，加上一小撮泥巴，重新开始搓。

"祥子，不如我们交换吧。哥哥留在这里，祥子明天跟妈妈回去。"

"不要。"祥子低着头，小声说。

"为什么啊，你不想回家吗？"

妹妹摇摇头。

"那不如你回去……"

"外婆要给我和服。"

祥子抬头看着大屋，脸上似有生气的表情。博和忍不住用手肘戳了一下妹妹的肩膀。祥子被他戳得往后一翻，博和以为她要哭，可是她并没有哭。她好像　时不明白发生了什么事，很快就绷着鼻孔，气呼呼地瞪了一眼哥哥。博和想拉她起来，可是手上都是泥，就在犹豫时，妹妹自己爬起来了。博和看着她的脸，莫名觉得被打倒在地的是自己。

"我口渴了。"

博和扔下妹妹，走后门进了大屋。在厨房洗干净手后，他直接捧着大壶，咕咚咕咚地喝了几口外婆煮的麦茶。他既不想回后院，也不想收拾行李，就走到外廊想看看道世在小屋里干什么。但是他发现，那个解开的布包还摆在榻榻米上。

博和伸手进去，捏住和服慢慢提了起来，随后用指尖划过调整肩膀的缝线，再用整个掌心轻抚面料。清凉的绢布宛如细沙，不断从指缝间滑落。他很难想象，人类为何能制作出这么漂亮的东西。因为太漂亮了，他甚至觉得这应该跟鲜花和天空一样，并非由什么人染丝、织布、缝制而成，而是从一开始就以和服的形态存在于世上。他的想象不断膨胀。或许这件和服早在世上还没有人类时已经存在，不知出于什么因缘际会，今天被送到了这里。想到这里，博和再也坐不住了。他走到穿衣镜前，觉得淡淡的桃色与自己白皙的肤色更相衬。在柔滑的手感诱惑下，博和披上了和服。心中顿时腾起内疚和欣喜，很快欣喜便占了上风。他看向镜子，心脏开始怦怦跳动。"这是我的和服！"由于这个信念过于强烈，他不得不分开双腿稳稳站住，否则随时都要飞到天上去。

就在那一刻，家里突然响起电话铃声，博和真的跳了起来。

他慌忙脱掉和服，拿起摆在柜台上的黑色电话听筒，听见里面传来了熟悉的声音。"博和？"

"妈妈？"他本想这么说，但是过于震惊，没能发出声音。

"是博和吧？外公外婆呢？"

"很抱歉，他们不在家。"

他一时没反应过来，对妈妈用了敬语。妈妈在另一头笑了。

"你这孩子，听不出妈妈的声音吗？外公他们去哪儿了？"

"外公他们……去町内会了。"

"哦，这样啊。他们应该快回来了吧？"

"可能。"博和咽了口唾沫，"妈妈，有事吗？"

"你猜妈妈在哪儿？"

他产生了不好的预感。"在……在家吧"——没等他这样回答，母亲就说："我刚到电车站。"

"我打算现在过去，顺便买盒寿司。外婆还没开始做晚饭吧？"

"没有。妈妈，你现在要来吗？"

"那我就买寿司过去。妈妈要乘下一班车，外婆他们回来了，你记得说一声。"

"今天在这里住吗？"

"不了，我们今晚回去。你收拾好了吗？"

"没有。你说明天回去，不是今天……"

"明天纯子就出院了，妈妈不能同时接两个人啊。"

"纯子住院了？"

"对，住院了。祥子在吗？"

"在院子里。"

"太好了。我给祥子带了礼物。"

不等博和回话，母亲就挂了电话。博和放下听筒，马上转身去后院找妹妹。悬铃木叶子上已经整整齐齐摆了不少泥丸子。

"妈妈今天过来。"

听到博和的话，祥子一言不发地抬起头。

"她说给祥子带了礼物。"

妹妹可能用脏手挠过脸，脸蛋上沾了点泥巴。不仅是手，她的手肘和肩膀也弄脏了。

"快把手洗干净，不然妈妈要骂的。"

博和带妹妹走到洗手间，打湿毛巾给她擦了脸和胳膊，然后脱掉麻袋似的连衣裙，拿起架子上看着更干净清爽的天蓝色连衣裙给她换上了。接着，他又帮妹妹梳了头，剪了指甲。

"妈妈要来了，你得听话。"

祥子不服气地点点头，走出了洗手间。博和洗干净脏毛巾，又擦了擦自己的脸。他想到还可以再刷刷牙，便转身去追妹妹，发现祥子蹲在起居室的穿衣镜前。那件桃红色的和服还扔在榻榻米上，不知为何冒着细细的烟。就在他暗道不妙的瞬间——

"啊，祥子，怎么了？"

外廊传来道世的声音。道世顾不上穿拖鞋就进了屋，用力拽开祥子。

"不行，很危险。"

道世拎起和服抖了抖。博和一眼就看到下摆有一小块被熏黑的印子。道世跑向厨房。榻榻米上的蚊香还在兀自冒着烟。

很快，厨房传来了水声。博和与祥子都一动不动，远远地看着彼此。博和脸蛋一热，心中那个巨大的存在开始横向膨胀，哪怕稍微一动，都有可能破裂。祥子绷着下巴紧盯着他，散发出了以前从未有过的、与母亲极为相似的气场。

博和冲出后门，不管不顾地疯跑了好久。过了一会儿，他才意识到自己逃跑了。和服烧焦的痕迹依旧清楚地浮现在眼前。他感觉那个痕迹跑进了自己的肚子，从内侧一点点焚烧，全身蹿过忽冷忽热的疼痛。他很想一直这样奔跑，独自回到东京的家里。他希望自己不分日夜地奔跑，最终能够回到一个有父亲和母亲，还有两个妹妹的家。父亲像祖父一样悠闲地吹金灯果，母亲教他用布头和棉花做手指人偶，大妹不再咳嗽，整天笑容满面，小妹晒得黝黑，自得其乐。如果有这样的家，他无论何时都想回去。第二喜欢的就是外公外婆的家，可是他已经逃了出来，再也回不去了。

痛苦达到极限，他不得不停下脚步，发现周围都是从未见过的房子。他气喘吁吁地四处走动，穿过三岔路再往前走，看见一座被苍翠树木包围的小神社。里面似乎没有人。博和穿过鸟居，寻找能保护冬眠动物平安过冬的秘密场所。然而他何止要过冬，既然没有了家，他可能要在那里过一辈子。想着想着，他走到神社后方，看见一口旧井，背后耸立着一株粗壮的锥栗树。他又绕到树后面，在树根处找到一个正好能容下屁股的小坑。博和坐下来，听着知了的叫声，慢慢平复呼吸。

神社里植被茂盛，完全遮挡了夕阳西下的天空。屁股底下和背后的树皮裂开了许多缝隙，就像干燥的大型动物的皮肤。

这棵树这么大，以前会不会是大象啊？突如其来的想象让博和莫名安心了许多。他以前一定是这头大象的孩子，所以自己的身体才会跟这棵树如此贴合。博和双手捂着抽痛的腹部，陷在树根的小坑里，幻想着大象母子的生活。

"博和，你到哪儿去了？"

母亲穿着奶白色连衣裙，圆脸被灯光一照，有点像脸颊凹陷的人偶。

博和后来忍不住害怕，还是垂头丧气地走了回来。他恨自己没出息的同时，也发现自己脸上露出了笑容。外公外婆和妹妹坐在矮桌旁，桌上摆着三个寿司盒，但是谁都没有动筷。母亲在外廊上蹲下，抓住了博和的肩膀。

"妈妈不是说了要来接你吗，怎么不等我呢？"

"对不起。"博和嘀咕了一声。母亲双手捧着他的脸，翻开下眼睑给他检查眼球，然后拽着耳朵看了看耳孔。博和感觉外公外婆和妹妹都盯着他，便扭动身子挣脱了母亲的手。

"天都黑了还不回来，我们都担心死了。回去的电车也要没有了呀。"

"今天住一晚不就好了。"外婆说。

"不行，今天必须回去。"母亲用祥子撒娇耍赖的语气回答道。

"博和，"母亲再次把手搭在他的肩膀上，"祥子今天把客人的和服烧坏了。你是哥哥，应该一直看着她，不让她干坏事才对啊。要是你老老实实……"

"不对，是我……"博和正要反驳，外公却插了进来；"别对一个孩子说那种话。"

他回过头，看见祥子坐在外公外婆中间，上半身紧紧挨着外婆。博和不敢看他们的眼睛，便盯着祥子抓住外婆的小手，还有自己刚刚替她修剪过的指甲。

"可是爸，那不是客人的贵重物品吗？我还是先到客人那里道歉吧，不然实在不好意思。"

"你不用道歉。"

"不行不行，我还要带上祥子一起去。祥子，做了坏事应该好好道歉……"

"祥子已经道歉了。"外公说，"好了，你带博和回去吧。明天不是很早就要出门吗？"

"爸，这怎么行。干了坏事就应该……"

"好了，快回去。"

母亲与外公争执时，一直抓着博和的肩膀。她的手指越来越用力，博和却没有挣扎。"不是祥子，是我干的，那都怪我……"他的话语仿佛也被母亲的双手按住，从肩膀一直推到了腹部深处。祥子低头看着矮桌上的寿司盒。她一定饿了吧。想到这里，博和自己也有强烈的饥饿感，几乎要当场倒下。全身的力量都从脚底流走，他只能依靠母亲的双手保持站立。

行李已经收拾好了。一整个夏天的换洗衣物和暑假作业都被装进大包里，放在玄关等着他们。旁边还有个鲜红色的布包。母亲穿好鞋，拿起布包夹在腋下，空出另一只手抓住了祥子的肩膀。

"祥子，你要听话，以后不能碰客人的和服了。"

祥子抿着嘴，点了点头。接着，母亲让博和对外公外婆说再见，他张开口，但是看着外公外婆和妹妹的脸，他一句话都说不出来。

"姐姐他们要走了？"

屋里隐约传来道世的声音，可是他和母亲已经走到了门外。

博和提着比来时更重的包，跟在母亲后面。母亲提着与连衣裙同色的手包，捧着鲜红的布包，小声嘀咕着孩子听不清的话。

"博和，"快走到公交车站时，母亲突然停下了脚步，"告诉我那位客人的家在哪里。"

"……哪位客人？"

"就是和服被祥子烧焦的客人。"母亲打开手包，拿出镜子整理吹乱的头发，"妈妈必须要跟他道歉。客人家在哪里？"

"我不知道。"

"你应该知道周围什么人家里有个那种年龄的小女孩吧。"

"我不知道……"

母亲收起镜子，把手包挂在捧着布包的左手上，空出右手拉起了博和的手。

"带我过去。"

博和转身走向了来路。这一个月来，他几乎一直在家帮外公外婆做事，根本不知道附近谁家有小女孩。尽管如此，他还是拽着母亲的手，快步走在了住宅区的道路上。

"难得妈妈给她买了和服。"母亲喘着气说，"这下白费了。"

博和心中一惊，目光转向被母亲身体挡住的布包。

"那里面是和服吗？"

"上回过来，祥子说想要和服，我就托东京的熟人做了一件。可是祥子刚弄坏别人家的和服，我再给她一件新和服，不就像奖励她一样吗？所以妈妈决定要把这件和服送给那家的孩子当作道歉。虽然没有礼服那么豪华，但这也是很好的和服。"

"可是妈妈，祥子她……"

"外公外婆太溺爱祥子了。妈妈虽然不是好妈妈，但也还是那孩子的母亲，所以应该对客人好好道歉。"

博和被母亲汗湿的手拽着，差点绊倒在地。母亲高跟鞋的走路声回荡在夜色笼罩的路上，时而与他的心跳声重叠，时而又错开。每次听到围墙里传来女孩的声音，或是看到院子里摆着过家家的旧餐具，妈妈就会停下来问："是这里吗？"博和每次都摇头否定。如果一直这样寻找，搞不好要找到天亮。在两人都筋疲力尽之前，他们能走到那座神社门前吗？如果能在那棵锥栗树的小窝里睡一晚上，母亲会改变心意吗……博和心中拼命祈祷，可是无论怎么走都只能看见住宅，始终找不到三岔路和神社。

"算了。"

母亲突然停下来，博和险些因为惯性栽倒。

"妈妈累了。"

"妈妈，"博和喘着粗气说，"那件和服……"

"别说了。妈妈头很痛，脚上也磨出泡了。时间不早了，我们回家吧。公交车，去坐公交车。"

他们一路上无论碰到谁都没打招呼，但母亲还是快步走向牵着狗出现在拐角的女性，问了去公交车站的路。不知何时，她松开了博和的手。博和努力追赶着母亲。

前往电车站的倒数第二班公交车马上就要到达。母亲坐在没有亮灯的车站长椅上，喘着气把布包放在一边。

"快了。"母亲紧紧抱住放在腿上的手包，喃喃自语道，"只要再忍耐一段时间……等纯子的哮喘好了……等妈妈有精神了……现在妈妈还不能一直照顾小孩子。"

博和喊了一声"妈妈"，但母亲没有抬起头。他又喊了一声，母亲突然注视着他说："对吧，再过一段时间就好了。博和要跟同学搞好关系啊。怎么能因为没有喜欢的同学，就不跟别人说话呢。妈妈不想再被老师叫去谈话了。你一直不说话，脸上的表情就很吓人。要保持笑容，跟大家搞好关系，好好学习。"

"和服，那件和服……"

"祥子现在还小。小孩子必须有人在旁边看着。妈妈现在还很不舒服，祥子也能理解妈妈。你看她今天不是一直贴着外婆吗？可是那个样子又好像很害怕妈妈。"

说完，母亲又深吸一口气，发出了分不清是叹息还是呢喃的声音。

公交车开了过来。

母亲站起来，对司机招手。

公交车发出轮胎漏气的声音，车门打开了。博和牵着母亲的手，走进车里。他在台阶上回过头，发现布包被忘在长椅上，便松开母亲的手，冲向即将关闭的车门。及时跳到车门外，博和马上捧起布包，转过头去。

母亲站在公交车过道上，隔着车窗看着他。可能因为车窗反光，她的脸仿佛随时都要变成碎片散落一地。戴着帽子的司机皱起眉说：

"快上车。"

　　"博和！"他听见母亲在后面呼唤，但还是奋力奔跑起来。他紧紧夹着布包，向着自己最想回去的家，拼命踏着阴沉而坚硬的地面，一路狂奔。

小偷

私の家

门禁铃声响了两次，灯里还是没有停下动作。

她捏着连在松紧带上的安全扣针，穿过翻折袖口形成的细长通道。根据复印下来的说明书，安全扣针穿到另一头后，就可以解下来，然后缝合松紧带两端，做成可爱的灯笼袖。

过了一会儿，门铃第三次响起。灯里正好穿完安全扣针，正在解开松紧带。她没有理睬门铃，放在柜台充电的手机又响了起来。她伸头看了一眼起居室墙上的门禁监控画面，发现来客不是平时那个戴帽子的快递员，而是另一个人。门铃声和电话铃声都响个不停。灯里打定主意假装不在家，悄悄走向门禁机器仔细一看，发现站在门口的人是她妹妹。妹妹的头发在风中摇摆，她举着手机，目不转睛地盯着镜头外的什么东西。

"是小梓啊。"

她打开门，一股强风顿时灌了进来，背后的起居室门砰地关上了。妹妹"啊"了一声，放下手机。

"我以为你不在家。"

梓逃跑似的退了两步，一脸的不高兴。明明是她突然找上门来，反倒露出了看见不速之客的神情。

"你怎么来了？"

"没什么事，就是……"

"进来吧。今天风好大。"

灯里一把抓住妹妹，把她拉进换鞋区。梓放下坑坑洼洼的运动包，解开高帮鞋带，然后脱下明显大了一号的风衣，露出里面的灰色运动衫和牛仔裤，仿佛是心血来潮抓上衣服就出了门。难道她离家出走了？灯里迅速想好了主意。晚上给她吃自己最拿手的面食，让她第一个泡澡，像公婆来访时一样，安排她睡在和式房间。

"亚由呢？"

"还在幼儿园。两点过去接，马上就回来了。你洗手吗？"

"嗯，在哪儿洗？你这里好多门啊。"

梓说得没错。玄关走廊通往朝南的客餐厅，左右两旁共有一扇拉门和四扇房门。灯里打开离玄关最近的左侧房门，给妹妹开了洗手池的温水水龙头。妹妹洗手时，她拿起走廊上的运动包走进起居室，放在餐桌靠窗的椅子脚下。这个难看的枯草色运动包比外表还轻一些，提手处的皮革已经掉皮了，看着有点眼熟。她正想这是不是母亲的包，妹妹就呼扇着打湿的手走进来，同时对她说："那是妈妈的。"

"我猜也是，看着很眼熟。"

"姐，你剪头发了？"

"没有啊。"

"感觉变短了。"

"肯定是你记错了。啊等等，我们上次见面是外婆的尾七吧？那就是剪了。我想起来暑假结束时剪了头发。对了，给我剪发的那位理发师的妈妈跟不知哪个寺庙的住持再婚了，我说过吗？"

"没有。"

"婚礼特别豪华，给客人的伴手礼竟然是一小袋米，还有人在餐会上抽中了这么大的狗摆件。听说那个住持家里的家具也很夸张，什么海豚绘画，好几百万的沙发，莫名其妙的古董，总之到处都是，吓得客人都不敢打翻茶水。"

"这是什么？"

妹妹走向茶几，低头看着她刚才还在摆弄的白色裙子，特别是从袖子里探出头来的安全扣针。

"那是亚由下个月穿去游园会的裙子。她要表演《欢乐满人间》的舞蹈，明天就要交服装，所以我得今天做好。"

"亲手做吗？好厉害啊。"

"我懒得买缝纫机，全都用手缝的。不过我特别偷工减料，可能穿一次就坏了。"

"你一直在做这个吗？对不起，打扰了。"

"没什么。喝茶吗？"

灯里说着，穿上散落在地的拖鞋，又脱了下来。里面好像有点潮。她有点想把拖鞋跟洗澡间脚垫一块儿洗掉，不过最近连续阴天，床单和被套这些大件物品全都被她攒起来等到天晴再洗了。现在梓来了，她很想把客人用的床单洗一遍。昨天晚上好像突然发生了季节交替，天气预报显示了西高东低的气压分布，今天一早就吹起了干燥的北风。妈妈以前一直说，衣服是吹干的，不是晒干的。灯里认为很有道理，尤其像今天这样的大风天，她恨不得像摆摊一样在阳台摆满晾晒衣物。

"这是什么声音？"梓走到行李旁边，背对着窗户坐在了餐桌前，一脸疑惑地盯着旁边的墙壁。"隔壁家？"

"不对。外面风大，洗的衣服挂在阳台上，衣架一直往墙上撞。"

"这样啊。"梓嘀咕一声，垂下目光，看着窗台上的全家福照片。小梓好久没来了，这是第几次来着？灯里边想边冲洗客人用的茶杯。妹妹似乎又看透了她的想法："我第三次到这里来。"

"以前都是跟爸妈一起来，当时亚由还是小婴儿。你们照片越来越多了呢。这是亚由做的？"

梓指着一个横向摆放的照片板，中间写着"谢谢爸爸"几个字，周围贴了十张亚由和她父亲的合影。

"不是。那是去年父亲节我亲手做的。很棒吧？"

"好厉害啊，就像亚由做的一样。"

"我本来想泡红茶，后来还是想喝绿茶。绿茶可以吗？"

"可以啊。"

"爸妈还好吧？"

"很好。"

"最近妈都不打电话过来。"

"我们在家里都不怎么说话。"

"小梓还在爸妈家？"

"嗯。姐，你身上穿的衣服就是这件吗？"

梓指着一张照片问道。刚结婚的灯里和丈夫举着鸡尾酒，相互依偎着看向镜头，身后是蔚蓝的大海。她身上的黑色七分袖上衣的确就是现在穿的这件。"难得去热带岛屿新婚旅行，我怎么穿得像参加法事一样……"时隔五年，灯里穿着早已松松垮垮、沦为家居服的上衣，隔着厨房吧台凝视照片，心不在焉地想着。

"这是什么时候的照片？"

梓好奇地挨个指着架子上的照片，灯里一边往茶壶里倒开水，一边简单说明照片的背景。好不容易介绍完了，她开门见山地问："梓现在做什么？"妹妹依旧看着照片，头也不回地说："不做什么。"

一个月前与母亲通电话时，灯里听说梓因为失恋受到打击，正在慢慢毁掉自己的人生。现在她亲眼看着妹妹，的确不像是满怀希望和干劲的样子。不过，妹妹也不是突然变成了这样。她从小就比较冷淡，没有什么感情起伏。虽然遭到挑衅就会回应，但平时都是寡言少语，有时真看不出她究竟在想什么。话虽如此，这也是她亲妹妹，无论多大了她都很疼爱。

"我婆婆寄了很好吃的番茄，你要试试吗？"

说到这里，她突然想起姐妹俩年纪还小时，因为妹妹提议，两人从家里冰箱里偷了番茄埋在院子角落里。她们不知怎么得出了这样对番茄更好的结论，还每天早上偷偷在掩好的土上浇酱油、料酒和白砂糖混合成的调味料。她们玩过好多这样的游戏。她边切番茄边想，如果能按顺序回忆姐妹俩发明的游戏，看看还记得多少，那多有意思啊。可是一张开嘴，话却变成了对明天之前必须做好孩子游园会衣服的抱怨。"纸版组要看书画版型，然后所有人按顺序复制下来，面料组要去冈田屋买布，真是太麻烦了……"

妹妹坐在窗边扯着指甲上的死皮，边听边点头。银色圆圈穿成的大耳环坠在有点发红的耳垂上，每次她转头听外面的风声，或是低头整理刘海，耳环就会叮叮作响。妹妹虽然穿着一身好似家居服的简单装束，却把淡薄的眉毛描成了漂亮的形状，眉梢微微上翘，突出了眼睛的曲线。灯里看不出妹妹胖了还是瘦了，只觉得她跟夏天尾七法事时的感觉很不一样。

"前不久我去道世姨婆那里了。"

灯里切好番茄拿上桌，嘴里还在抱怨，梓却兀自开了口。

"啊？什么？道世姨婆？跟妈妈去的吗？"

"不。我一个人过去住了一晚。"

"哦？为什么？姨婆还好吧？"

"很好。我去拿和服了。参加法事那天不是提到过和服吗？"

"是吗？我不知道。"

"那是一件小孩子的和服，妈妈说不如送给亚由，我就拿过来了。"

　　梓弯下身子，打开地上的运动包，拿出一个褪色的紫色布包放在桌上。灯里隐约觉得那不是多好的东西，还是费力地解开了扎得很紧的布包，又打开里面的厚纸盒。

　　"哦，这个啊。"

　　里面是一件半透明包装纸包裹的红色格子和服。女儿以前从未想过要这种颜色和花纹的衣服鞋子。

　　"你不喜欢吗？"

　　"这是新衣服还是旧衣服？"

　　"不知道。看着有点旧，但是又挺干净。"

　　"不知道被谁穿过的和服，让人有点不舒服啊。说不定是死人留下的旧衣服。"灯里拿起和服，凑过去闻了闻，"而且这衣服有什么气味。"

　　"是吗？我有点鼻塞，所以不知道。亚由会喜欢吗？"

　　"不知道。我觉得亚由不太喜欢这个颜色。"

　　"她不喜欢红色？"

　　"她喜欢淡粉色和浅蓝色，就是双星仙子那种颜色。"

　　"你自己也喜欢那种颜色吧。"梓说完，又往身后看了一眼。强风一直吹动阳台上的衣架敲打墙壁。虽然灯里早已习惯了，可是听妹妹一说，的确有点像谁被威胁的响动。

　　"今天你来就为了这个？"

　　"嗯。"

　　"那不就是帮妈妈跑腿嘛。我看你表情这么阴沉，还以为你离家出走了。"

"不是。我又没有能出走的家。"

"你现在的家不就是爸妈家吗?"

"爸妈家是爸妈家。"

这时灯里总算发现,她一直觉得有点奇怪的地方原来是方向和角度。

若是在父母家中,从靠近厨房的座位开始,母亲、父亲、自己和妹妹每次都按照顺时针方向落座。小学社会课教东南西北的时候,灯里立刻就联想到了餐桌旁的一家四口。东边是父亲的方向,西边是妹妹的方向,北边是母亲来往于厨房和餐桌的方向,另一边则是自己所在的南边。以前在父母家,灯里都是坐在南边,向左转过脸对西边的妹妹说话,现在则换成了妹妹在南边,自己在北边,坐在母亲的位置上。坐在椅子上正对着妹妹,这种状态让她感到有点奇怪。不过要说奇怪,姐妹俩坐在远离父母家的川崎家中,这个事实就更奇怪了。妹妹背后的景色与平时隔着丈夫和女儿看到的景色截然不同,显得异常虚幻。

"怎么会呢?这里是我家啊,是我、阿幸和亚由真正的家。"灯里心中喃喃着,站起来给茶壶加水。顺便上完洗手间出来时,她发现妹妹正打量着厨房吧台上的一个角落。从灯里的方向看不见那里有什么。

她拿着茶壶回到座位上,果然如她所料,梓开口问了一句:"那是什么?土?"

"嗯，就是土。"

灯里拿起装土的容器，放在梓面前。那是个细长的透明容器，由两升装的苏打水瓶子改造而成。她用厨房剪去掉了瓶口，再用樱桃花纹的胶带贴住凹凸不平的边缘，还装饰了折纸做的小莲花。梓摸了摸容器底部，又戳了戳里面的土。灯里没有坐刚才的座位，而是坐到了平时亚由坐的餐桌短边。

"那不是普通的土，里面埋着金鱼。"

梓吃了一惊，皱着眉抽出了手。还是从这个方向看妹妹最自然。

"金鱼叫小粉，是亚由在夏天庙会上得到的。"

"活埋了？"

"怎么可能，因为死了才埋的。金鱼很难养，我专门买了金鱼缸和饲料，但是只养了一个月就死了。一开始还打算给小粉办个葬礼，埋到外面的土里，于是一家三口晚上偷偷拿着铲子去了附近的公园。可是亚由突然哭了起来，说小粉一直住在家里，突然埋到外面实在太可怜了。我想想也有道理，因为人的骨灰也要在家放到尾七才下葬嘛，所以就变成这样了。"

"姐，原来你在练习当丧主啊。"

"丧主是纪幸，我才不当。"

"尾七是哪天啊？"

"我没数，应该早就过了，但一直没处理掉，就这么放在这里。可能纪幸也忘了。"

"金鱼会不会已经化在土里了？"梓皱起鼻子，又凑过去仔细打量塑料瓶。"该不会烂了吧。不难闻吗？我鼻塞闻不到。"

"可能难闻吧，我已经闻不出来了。而且小粉早就不在里面，这会儿说不定快到斯里兰卡了。前面拐角有家咖喱店，那里的老板是斯里兰卡人。他对亚由很好，所以亚由很喜欢斯里兰卡。你知道吗，斯里兰卡首都的名字特别长。"

金鱼死后那几天，亚由特别伤心，一天到晚哭个不停，怎么安慰都没用。但是有一天，亚由突然说："小粉要回家了。"灯里告诉女儿："小粉已经死了，上了天堂就再也不回来了。因为那是一条单行道。"尽管如此，亚由还是没有放弃。母女俩争论了一会儿小粉究竟在天堂还是要回家，后来渐渐跑了题，最后结论是小粉正在土里往斯里兰卡游。它要在地底一直游到斯里兰卡，呼吸一下名字很长的首都的空气，再原路游回来。小粉嘴里长着小铲子，每次张嘴闭嘴，就能在土里前进一些。而且它还有同伴，比如蚯蚓、迷了路的球根、小猫和讲泰国话的小象。

"哦，变成奇幻世界的故事了。"

"是啊。不过说着说着，连我自己都觉得有可能了。因为金鱼的生命完全有可能跟人类不同啊。而且我每天看着小粉在鱼缸里快乐地游来游去，实在说不出它死后就再也不会快乐地游泳这种话。现在每天不跟亚由说说小粉游到了哪里，心里还有点害怕，担心把它弄丢了。"

"嗯……"梓靠在椅背上，漫不经心地摆弄折纸做的莲花，"死了还要回到什么地方，压力好大啊。"

"都说了小粉没死，而是在旅行。"

"金鱼为什么要挖土旅行，应该说在水里游来游去啊。既没有归处，也没有去处，只要有一潭水，那就是全世界了。"

"要是我死了，哪怕要从地狱最底层爬上来，也要回到这个家。"

"姐姐又不是金鱼。有纸吗？"

梓从她递过去的纸巾盒里抽了一张纸，像是要大喊似的猛吸一口气，嗤地擤了一下鼻涕。

黑山幼儿园的孩子穿着背后印着"黑山幼儿园"的运动服，顶着大风在狭窄的园区玩耍。

"啊，亚由的妈妈。"最先发现她的不是女儿，而是正好在附近的女儿的好朋友。"亚由！亚由！"尖厉的声音逐渐传开，不一会儿，一脸不情愿的亚由就出现在了铁丝网另一头，仿佛被人从看不见的软管里挤了出来。

"今天小梓也来了。"

亚由勾着眼睛看了一眼母亲旁边的小姨妈，很快就移开了目光。

"怎么不跟小梓打招呼呢？"

"姨妈好。"亚由扭着身子叫了一声，小姨妈也用同样小的声音说了一句："亚由，你好呀。"接着，亚由走进教室收拾东西回家，负责带班的美幸老师则拿着一条仿佛在发红光的带子跑了出来。"明天那些服装应该能做好吧？"

"嗯，应该可以……"

"美树妈妈之前把这个给了我，说要把这些亮片带子像腰带一样缝在腰上。拜托你了。"

"好的。像腰带一样缝上去是吧，我知道了。"

亚由提着深蓝色的小书包，被老师送到门口，害羞地躲开了姨妈。梓没有硬凑过去，而是跟在了手牵手的灯里和亚由后面。平时亚由喜欢到处逛逛，今天则拉着妈妈的手径直往家走。

"等会儿回到家，你给小梓表演一下《欢乐满人间》好吗？"

灯里晃了晃女儿的手，亚由没有反应。"怎么了，紧张吗？"她知道女儿越调侃越紧张，但不知为何想让妹妹看看母女之间的交流。她瞥了一眼身后，妹妹面无表情地点点头，表示看到了。

回到家中，灯里先让孩子去洗手漱口，然后给她脱掉了脏袜子。亚由搭在她肩膀上的手比平时都僵硬。梓走进洗手间后，亚由凑到她耳边轻声说："妈妈，我不想跳舞。"

未完成的白裙还堆放在茶几上，就像已经陪伴主人彻夜舞蹈。亚由拿起红色亮片丝带挂在脖子上，接着像把脉一般抓起了纱裙下摆。

"亚由，小梓给你带了礼物来。"

梓走出洗手间后，灯里打开了放在地毯上的盒子，她拿起和服贴在还抓着纱裙的亚由肩膀上。正如所料，亚由扎着小马尾辫的脑袋与和服鲜艳的红色毫不相衬，肤色显得发暗，让她看起来有点像陈旧的地藏雕像。

"小梓要把这件和服送给你，高不高兴呀？不过亚由还太小，穿不上。"

"小孩子的和服可以折叠起来调整大小。"梓在背后说，"纯子姨妈会穿和服，妈妈说可以让她教。"

"亚由，快对小梓说谢谢呀。"

"谢谢。"亚由小声说道。

"我回头告诉你外婆哦。"梓回答道。

亚由平时受到的教育是别人说"谢谢"要回答"不用谢"，所以她有点困惑地抬头看向了母亲。

"亚由，不如跳舞给小梓看吧？"

灯里不厌其烦地鼓励女儿，同时不动声色地把和服放进了收纳箱。箱子的四角都已经撞扁发白，她甚至想干脆拿去年末的义卖会卖掉。

"这条裙子还差点什么？"

梓坐在沙发上，问了一句。

"首先要给袖口缝上松紧带，然后在领口和下摆缝一圈蕾丝，最后把刚才那条红丝带缝在腰上。"

"是吗，那我先回去，不打扰你了。"

"等等啊，难得来一趟，吃了晚饭再回去吧。不如今天吃章鱼烧？亚由也很喜欢。对吧亚由，你喜欢章鱼烧吗？喜欢？我就知道。人多做了才有意思，你吃完再走吧。裙子我晚上弄弄就好。"

灯里正要站起来，门铃就响了。门禁显示器上出现了熟悉的配送员的脸。她打开门，看见门口多了一箱十瓶装苏打水。家里的正好喝完了。她把苏打水放到冰箱，顺便压扁纸箱收到一边，再回到起居室，亚由已经不见了，她脖子上的红丝带则被梓拿在手上。

"要把它缝在这个地方对吧？"

"嗯，亚由去哪儿了？"

"要不我来做吧，当作感谢你的章鱼烧。"

"真的吗？那太好了。不过袖子的松紧带还没缝好，能先帮我弄那个吗？只要把安全扣针拆下来，松紧带两头固定在一起就好。做完了还有另外一边。旁边有说明书。"

灯里用力拧开刚放进冰箱的苏打水，倒进加了冰块的杯子里放到茶几上。然后她坐在地毯上，靠着背后的沙发，打量着妹妹的动作。茶几上的苏打水发出微弱的沙沙声，气泡在水面破裂的声音混合着纱裙摩擦桌面的声音，听着听着，她竟有点困了。

"刚才——"梓一开口，灯里吓了一跳，"我问亚由小粉的事情，她说不知道。"

"啊？"

"她说不知道小粉被埋在瓶子里。"

"不知诮？哦，那孩子有时会装傻。"

"是吗？"

"刚才我没告诉你。我们聊完斯里兰卡的第二天，还谈过要不要把小粉放进水塘里。"

虽然那些话显得前后不一致，但灯里很理解女儿的心情。或许那一天她觉得，梓说的那个沉迷于水中世界的小粉比朝斯里兰卡挖土前进的小粉更真实。所以亚由会说，不如把小粉和瓶子里的土一起倒进公园水塘，它可能会高兴地在里面游来游去。

六月，她们一家人都出席了外婆的葬礼。亚由亲眼看见了送棺木进入火化室的过程，也跟父亲一起用长长的筷子拾骨，还听见了骨灰在罐子里碎裂的声音。亚由这个四岁的孩子是否将那段回忆联系到了金鱼的死亡？即使身为母亲，她还是不敢用连自己都感到陌生的话语影响女儿的思考。

"亚由不是看到装着外曾祖母的盒子被烧掉了吗？人的身体是由骨头、肉和眼睛这些含有水分的东西组成的，但是人死了以后，身体就会变得干巴巴，然后又变得软绵绵，最后被烧成骨灰，或是一直放在那里，最后剩下一把骨头。小粉被埋在土里面，现在可能也变成了像鱼线一样又细又透明的骨头哦。如果你想看，可以挖开看看，妈妈没有骗你。爸爸、妈妈、亚由，还有其他人，到最后都会变成这样……"她实在不想说这样的话，只想尽量保持含糊。只要日常生活中还有这样的瞬间，让她不禁感叹即使父母都死了，这憨憨的孩子也会永远活下去，她就不想说这样的话。而且灯里生活在卯月原町时，也从未听母亲说过这样的话。

曾经是体育老师的母亲告诉过灯里：衣服不是晒干的，而是吹干的；如何偷懒应付很难熨的衬衫袖口；如何缝补大脚趾部位破掉的袜子；仅仅是活着就会在各种角落堆积灰尘这一奇怪现象；考试分数评估的是学习的方法，分数越高证明方法越有效率——即使考到一百分，也不是说一个人聪明绝顶，而意味着那个人使用了满分的方法；不管被人抢了玩具还是漫画书，都要立刻高声反抗，千万不能妄想过后再拿回来，因为东西一旦被拿走，就再也不会以同样的状态回到自己手上；出门旅行前一定要收拾屋子，在外面决不能穿破破烂烂的内裤，否则碰到艳遇会后悔不迭。这都是些生活的智慧。一想到一代代母亲都在将那些过去的传奇当作战术灌输给自己的女儿，灯里就兴奋得夜不能寐。不过，那个最关键的女儿，究竟到哪儿去了？

"亚由去哪里了？"

"那边。"梓嘀咕了一声，已经穿好红线，开始缝丝带了。

灯里拉开走廊那边的隔扇，喊了一声"亚由"，没听到回答。她先走进将来准备给亚由当卧室的杂物间，接着找了摆着两张床的卧室、洗手间、厕所，但是亚由都不在里面。为了保险起见，她又回到卧室，打开衣柜看了看，继而回到洗手间，淋浴间的门后也没有人。

"亚由，不玩躲猫猫了！快出来！"

灯里高声喊着回到起居室，看到妹妹像老人一样弓着背做针线活，顿时有种反着看望远镜的感觉。以前的家人坐在这个家中，默默地做着针线，这实在太奇妙了。眼前这个人已是外人，同时又来自灯里的过去。虽然她们是血亲，没有"以前"之说，可是灯里正痴迷于操持现在的家庭，对她来说，父亲、母亲，还有这个妹妹，都像曾经在同一个球场上打球的老队友。结婚时，她并没有感到家人变多了，而是从一个家庭转移到另一个家庭。无论何时，这两个家庭的记忆都不会混合在一起。

　　杯里的苏打水喝完了，灯里又从冰箱拿出沉重的塑料瓶，走向梓的背影。梓撇着腿，露出穿着黑袜的脚底，跪坐在地毯上。灯里捧着塑料瓶，目不转睛地看着妹妹的脚。很久以前，她们还住在同一屋檐下时，姐姐因为无聊的争吵咬了妹妹的手，妹妹拿起母亲锻炼用的哑铃狠狠砸了姐姐的脚。她脚上的无名指和中指被砸断，整整两个月才好。当时两人都还是小学生。灯里平时压根不会想起这件事，可是直到现在，只要手上拿着重物靠近妹妹，她必定会回想起来。扔哑铃的明明是妹妹，她却在这种情况下回想起那件事。这让灯里不禁觉得，自己捧着重物走向妹妹的那短短一瞬间，竟代表了两姐妹共同度过的全部生活……她们曾用混合调味料祭拜埋在土里的番茄，还一起做了很多好玩的事，比如那个热水壶，比如那本《天才英日字典》，比如那次的圆号，比如刚出生的亚由。而现在，灯里捧着两升装的苏打水，缓缓靠近妹妹。

　　"怎么了？"

　　梓回过头问了一句。灯里坐在她旁边，又倒了一杯苏打水。红色丝带已经缝好了一半。

　　"小梓手真巧。妈妈以前也给我们做过一样的小裙子吧。我完全不行，太没用了。"

　　"妈妈做的小裙子真可爱。"

　　她很讨厌母亲那台脚踏式缝纫机的声音。只要母亲在踩缝纫机，她就绝对不会靠近，但是母亲用手缝做微调的时候，灯里总会凑到旁边仔细观察。一边看一边还会揉捏像金平糖一般五颜六色、插满了针的针座。坐在家中看家人亲手制作一样东西，那种感觉真的很棒。虽然现在变成她坐在妹妹身边，妹妹又在给自己的女儿做小裙子，但灯里还是感到一种令人怀念的甘甜在胸中慢慢扩散，一如过去坐在母亲身旁。或许，她并不需要身边的人是自己的母亲，哪怕换成别人的母亲，哪怕换成别的小衣服，也能激发这种感觉。像孩子般等待着什么东西被做好，甜美的来源就在这里。抄起沉重的裁缝剪咔嚓咔嚓地裁剪布料，齿轮状的圆盘带动纸板，银色梭子盒发出阵阵神秘的响声——"灯里、梓，帮我按住这里。"总像是带着一点怒气的母亲的声音仿佛出现在耳边……

"妈妈。"

她感到一阵强风袭来，同时回过头去，发现阳台落地窗开了一条缝，女儿站在外面看着她。

"原来你在那里啊。"

灯里飞快地走向阳台，抓住了女儿的肩膀。

"不能这样，太危险了。妈妈不是说了，不准一个人去阳台吗？风这么大，万一被吹飞了怎么办？好了，快进屋去。"

亚由摇着头不愿走动，于是灯里想把她硬拉进去，但是女儿突然用力拉扯她的裙子，她来不及套上拖鞋，就被拽到阳台上，走进一大片晾晒的衣物中间，最后来到了阳台一角。

"亚由，你在跟小梓玩捉迷藏？"

干燥的风迎面扑来，纷乱的发丝挡住了视线。亚由的马尾辫也凌乱不堪。她蹲下身想给女儿整理发型，但是亚由扭过脸，瞪了她一眼。

"那是秘密呀。"

"啊？你怎么了？生什么气啊？"

"小粉。"

"嗯？小粉？"

"小粉是秘密。"

"啊，是吗？"

"你为什么说出来？"

"啊，对不起，原来是秘密啊。妈妈不小心告诉小梓了，真对不起。但是别担心，小粉不会因此遇到麻烦，因为小梓能保守秘密。"

"她说小粉化掉了。"

"啊？小梓吗？"

亚由默默点头。

"化掉……是化在土里了吗？"

这回亚由没有点头，而是眯起了眼，除此以外只勉强挤出了一丝还不够熟练、几乎看不出来的怨恨。

"这样啊。小梓可能这样想吧，但妈妈还是认为小粉正在高兴地挖土。现在说不定已经挖到西藏下面了。到达斯里兰卡前，小粉说不定还想去别的地方看看呢。亚由，你觉得呢？只要亚由认为是这样，就不用管别人呀。这样多好。"

她刻意用了高兴的语调，亚由还是没有笑。灯里实在不知如何是好，但还是绷住了表情。她默默同情被女儿讨厌的小梓，同时抱起已经长得很沉的女儿，穿过晾晒衣物，走进了室内。

她们没在阳台上待多久，但梓已经缝好了红丝带，正在整理线头。亚由一言不发地走过去，拉开和式房间的隔扇，钻进被窝里。"你要睡午觉吗？"灯里问了一声，女儿并不回应，于是她拉上隔扇，走回起居室坐在妹妹身边。

"我好喜欢这里。"

她刚坐下来，梓就这样说道。

"是吗？"

"嗯。这个家很大，如果一直待在里面，说不定会忘掉外面的世界，就像家里的家。原来姐姐住在这样的地方啊。"

家里的家——灯里琢磨着妹妹的话。她很喜欢这个说法。她和丈夫刚结婚不久就贷款买了这个川崎的二手公寓房，虽然离车站很远，楼门也没有自动锁，但胜在采光特别好，风景也绝佳。窗外有个不知算公园还是散步区的绿地，可以看见一大片阔叶林，另一头则是大片住宅的屋顶，以及轮廓酷似半个葫芦倒扣在地的小山。看房时她跟丈夫开过玩笑，猜测那座山究竟叫葫芦山还是花生山，现在五年过去了，他们还是不知道那座山的正式名称。虽然这个地方除了离公婆家近，跟灯里没有任何关系，但她还是很快适应了这里的生活。那是因为她有了这个操持生活的地方，而且认定她是守护这个家的人。

对灯里来说，她要守护的"家"是塞得满满当当的鞋柜，是拔掉塞子时浴缸里出现的旋涡，是洗衣机底下总也弄不干净的污渍，是葫芦山的景观，是睡觉时上下成套的睡衣，是一定会戴上透明牙套保持牙齿整齐的丈夫，是喜欢淡粉色和天蓝色的女儿亚由。"保护"的感觉越强烈，"被保护"的感觉也越强烈。特别是在这种狂风侵袭全日本，要将所有晾晒衣物吹到斯里兰卡的日子。

"我可是一步都不会离开这个家。"

那句话脱口而出的瞬间，灯里突然想，妹妹刚才的话会不会是嘲讽？如果不是，自己的语气应该不会如此激动。

"我猜也是。"梓喝了一口苏打水，片刻之后打了个小小的嗝。"肚子有点饿了。"

厨房里有小麦粉，有木鱼花，有青海苔，还有鸡蛋、高汤、天妇罗碎、多福浇汁，唯独没有章鱼。她到和式房间叫亚由一起出门买菜，女儿却只说"我不去"，又盖上被了，动不动了。

"家里没章鱼，你这样就吃不到章鱼烧啦。如果不去和泉商店买章鱼，就做不了章鱼烧。亚由，你说怎么办，反正妈妈没办法。"

"姐，要不我去吧？"梓在后面说。

"不用了，你又不知道在哪儿，别出去了。我一会儿就回来，能拜托你看家吗？"

"嗯，那我顺便把蕾丝也缝好吧。领口和下摆缝一圈就好，对不对？"

"哦对啊，你帮我做衣服更好。拜托你啦。"

灯里对着镜子抹了点润唇膏，又拉开隔扇看了女儿一眼。女儿所在的被窝，宛如一块大石头，只露出了一点马尾辫的末梢。"我走啦。"她朝妹妹的背影说了一声，走到玄关正要穿鞋，突然想到一件事，便飞快地走了回去。

"小梓，别对亚由说奇怪的话哦。"

梓慢慢回过头，答应她不会乱说。太阳可能隐入了云层，室内突然阴了下来，使她看不清妹妹的侧脸。

和泉商店离公寓有十分钟路程，门口花坛旁竖着一块牌子，上书"请将爱犬系于此处"，一只眼睛水汪汪的柴犬乖巧地坐在那里。

灯里穿过自动门，目不斜视地走过果盘和沙拉区，穿过蔬菜区的通道，来到鲜鱼区，拿起最大包的熟章鱼。正要走向收银台，她转念一想，又回到蔬菜区，拿了一包四个装的黄金奇异果。这是亚由最喜欢的水果。接着，她站在了收银台前的长队尾端。

"啊，是亚由的妈妈！"

身后传来声音。她转过头，发现一个很眼熟的男孩子。他跟亚由上同一个幼儿园，但灯里记不清他叫什么。男孩旁边站着一个圆脸小个子女性，微笑着说了声"你好"。她手上的购物篮里放了很多冷冻食品，像书架上的书一样排列得整整齐齐。

这孩子叫什么来着？她一边回忆，一边应了声"你好"。男孩指着她说："那是章鱼吗？"男孩母亲立刻让他收回了手，还责备了一句。店里好像人手不足，只开了两台收银机，广播一直在重复"请熟食部支援收银台"，但是并没有人过来。

"游园会的服装怎么样了？"

男孩母亲问了一句。她留着露出额头的发型，看起来很开朗。

"啊，正在做呢。虽然我手艺不太好，不过勉强能应付……"

"细节太多了对吧，我也还在做呢。其实我觉得可以统一拿到外面去做，再各自带回家修改细节就好。"

"那倒也是。"

"毕竟小孩子也不会在意妈妈是否亲手做了自己的衣服。他们只要好看就好。"

"是啊。"

"你知道吗，一些孩子的母亲在商量要不要联名提意见呢。"

"啊，真的吗？"

"内藤女士，就是梦香的妈妈带头组织，准备下次开家长会对老师提意见。"

"这样啊。"

队列迟迟没有前进。灯里心里有点急，反倒觉得时间更难熬了。这时，一个戴着方帽子、显然来自熟食部的工作人员总算空出手来，准备再开一台收银机。她已经做好准备，打算收银机一开就走过去，可是那个瞬间，突然有人大喊一声——

"小偷！"

店内一阵哗然，男孩愣住了。身穿绿色围裙的店员奔向入口。灯里只看到那个小偷的背影。那人留着短发，身穿灰色衣服，分不清男女老幼。灯里仿佛刚从一个匿名的梦境中惊醒，明明没有清楚的印象，却莫名有点眼熟……事情只发生在一瞬间，门外的柴犬开始吠叫。

"吓死我了，好久没碰到小偷了呢。那人偷了店里的东西吗？也不知能不能抓住……"

"是啊。"男孩的母亲话音刚落，灯里突然感到被一根透明的拐杖正面刺中了胸口。刚才那个人的身影……究竟是预感还是记忆？队列突然散开，原来旁边一下开了两台收银机。很快就轮到她了。她慌忙从钱包里抽出一张千元日钞，完全忘了对身后的母子俩打招呼，抓起奇异果和章鱼跑出了商店。

干燥的冷风没能吹散她心中的阴影，反倒卷起路旁的落叶，毫不留情地挤进眼睑深处，让黑色的影子越发浓郁。

灯里气喘吁吁地打开家门，顾不上脱鞋就跑过走廊，拉开了隔扇。方才宛如岩石般隆起的被窝已经变得扁平。

"亚由？"

白裙还放在起居室的茶几上，领口和裙摆已经缝好了白色蕾丝，叠成整齐的方块。

灯里穿过空无一人的房子，猛地拉开阳台落地窗。大风灌了进来。她抓住栏杆探出身子，在榉木的枝叶间发现了妹妹的背影，走在自己刚刚跑过的路上。

妹妹一只手牵着亚由，另一只手捧着纸莲花装饰的塑料瓶，宛如茫茫大海中的一叶帆船，左右摇摆着向前行进。

山绘

私の家

"我回来了。"

打开玄关门，街灯照亮了换鞋区的地砖。

右侧墙上挂着一幅山峦的画作，画框散射着朦胧的微光。走廊和通往二楼的台阶都深陷在厚涂的阴影中。他反手关上门，地砖、画框和走廊的层次顿时化作扁平的黑暗。他脱下捂了一天脚汗的皮鞋，穿过漆黑的走廊。即使伸手不见五指，他还是知道左边是厕所门，再往前是连着浴室的洗手间门。双脚早已熟悉了房间的布局。走廊、房间，或者说分隔房间的所有门户都敞开着。只要他愿意，随时都能像一阵风似的在家中穿行。

滋彦走进连接厨房的二十平方米的起居室，从工服口袋里拿出蜡烛，用打火机点燃。黑暗中亮起小小的烛火，同时带来了艾草一般略带苦涩的青草香气，继而消散了。这是去年在南法一个集市上买来的蜡烛。他从众多大同小异的蜡烛中选中了这个，小小的烛火仿佛唤醒了那一刻倾洒在手背和头发上的南法阳光。起居室只剩下拆掉了棉被的方形被炉，还有光秃秃的坐垫芯。他放下蜡烛，直接坐在榻榻米上，抽出插在裤子后袋的报纸，放在台上摊开。微弱的烛光几乎无法照亮细小的铅字。今早他才在明亮的餐桌旁匆匆扫过一眼这份报纸，此刻坐在昏暗的家中，它看起来却像几百年前的遗物。上面记录的仿佛是早已结束、再也无法挽回的一天，还用了他无法解读的古老话语。

滋彦吹灭蜡烛，合上眼睛。眼睑下的黑暗反倒比外部的黑暗更明亮。他一动不动，耐心地等待那抹明亮消散，最终在视网膜上化作一片漆黑。若有若无的时间静静流逝。他觉得可以了，于是缓缓撑起身子，榻榻米承受膝盖的压力，发出了尖厉的怪响。瞬间，他以为下方藏着猫或老鼠。这个家正在被慢慢舍弃，现在突然发出仿佛活物的响动，让他很是意外。

他听见阵阵风声，不知来自室内还是户外。他屏住呼吸，再次凭借双脚的记忆穿过走廊——他要回家。他要重新回家。

"你也来看看吧。"

他们坐在荧光灯照亮的起居室，晚饭已经快吃完了。妻子和女儿各自拿着筷子，凑在餐桌一角，盯着小小的手机屏幕。她们的面容惊人相似。小时候经常有人说梓长得像爸爸，其实早在那时候，他就觉得这个女儿跟妈妈很像。微微翘起的眼角，圆圆的鼻头，就像一个模子印出来的。自从夏天搬回来，女儿就胖了一些，在家里还总穿她母亲的衣服，所以她坐在桌旁看报纸的身影，几乎跟妻子一模一样。

"亚由的照片。"祥子瞥了他一眼，"灯里发过来的。"

他凑近一看，照片上是一群身穿白色蓬蓬裙的小孩子，高举双手摆出各种姿势。其中一个就是他的外孙女亚由。

"上周游园会的照片。可爱吧？"

祥子扒完剩下的菜饭，起身走向厨房。"你要看吗？"梓转过手机对着餐桌另一头的父亲，屏幕上闪过同一个角度拍摄的姿势不同的孩子照片。

"又长大了啊。"

"嗯。"

"灯里的照片呢？"

"没有姐姐的，只有亚由的。"

"咚"，开了盖的啤酒和杯子出现在餐桌上。祥子一言不发地回到厨房，站在微波炉和煤气灶前忙碌起来。"你用手指一拉，就能放大看。"梓放下手机，朝还没吃完的味噌煮鲭鱼伸出筷子。

"抱歉啊，没赶上过去看。"他随口说了一句。

"你为什么不去？"厨房立刻传来洪亮的声音。"我那么想去，却要参加葬礼。松木先生真是太可怜了，我看他一下子老了那么多。他们夫妻俩没有孩子，连我都担心他了。你现在都有外孙女了，还不趁身体好的时候多去看看她。"

滋彦夹起一块刚端上来的鲭鱼，闷声回道："是啊。"

"就算我不去，你也该跟梓一起去啊。反正你们俩都很闲。"

"我上个月去过了呀。"

梓拿着空盘子站了起来。这女儿回来已经四个月了，每次被母亲唠叨，她都会说再过不久就回东京找工作，叫她不要管，可是那个"再过不久"迟迟没有到来。

身为父亲，他觉得女儿大可以一直待在家里，没必要赌气回东京，就在附近找个公司上班便好。但他没有直接对女儿说，而是对妻子表达了意见，最后被一口驳回："你太宠溺她了。要是还想养孩子，你一个人养。"虽然他觉得妻子的态度有点冷淡，但也不得不承认自己被戳中了痛处。上周妻子因为突然要参加葬礼而无法观看游园会时，他的确很害怕自己要跟女儿单独在电车上待两个小时。最后女儿说了一句"两个人去没意思"，他甚至找不到反对的理由。

"话说，她身上那件裙子有点大吧？"祥子泡好茶回到座位上，又开始打量照片，"一点都不合身。你瞧，她举着胳膊，从袖口都能看到内裤了。旁边那个孩子的袖口就像个小灯笼。灯里做小裙子怎么不认真点呢？"

"那是我做的。"梓拿着酸奶回来，看着照片说。

"啊，什么？"

"袖子，是我帮忙做的。上个月不是去姐姐家了嘛。"

"哦，那时候做的？什么啊，还推给别人做。"

"姐姐手脚太笨了。明年还是妈妈帮忙做更好。"

"那边请我再说吧。对了，我姐今天打电话来，说灯里上回带亚由去学穿和服，结果把和服忘在那里没拿走。那不是故意的吧。"

"亚由好像不太喜欢那件和服，姐也说有股味道。"

"哈！人家好心送给她的。"

滋彦正一言不发地听着，突然感到手机振动了一下。妻子的语气越来越阴郁炙热，滋彦依旧漫不经心地应着，同时动起筷子，把所有盘子一扫而空。他决定待会儿再喝茶，先站在厨房的换气扇底下抽根烟。以前，他经常站在这里抽烟，跟旁边洗碗的妻子谈天说地。可是不知从何时起，妻子突然说二手烟有害，他抽烟时再也不靠近了。回过头，妻子的背影似乎腾起了淡淡的烟雾。这并非最近才有的感觉。从那时候起，妻子的背影就总是伴随着淡淡的烟雾，在滋彦眼中化作一片朦胧。他想仔细打量，却发现本来应该很熟悉的面容，都已经回想不起来了。都是烟的错。其体内进发出不成节奏的炸响，孕育着看不见的星火。滋彦既沉迷于那个声音，又本能地抗拒。若是年轻时，他可能会以惊人的热情分享那个火光，分享那种炙热。可是现在，滋彦只担心那淡淡的烟雾总有一天会杀死两人之一，但又无法逃离，只能远远旁观。

他拿出手机，是西野瑛发来的信息。"拆除的日子定下来了。"这周星期六，他将过去整理剩下的东西。瞬间，他感到眼前一黑。总算到最后了。

第一次见到那座房子，还是三年前的秋天，龙卷风突然袭击小镇之后。

　　龙卷风发生在一个工作日。滋彦回家后,祥子兴奋地对他描述:"那惊人的巨响让人难以想象竟是风声,什么都看不见,无比巨大,飞快地席卷了小镇,搅乱了一切。"那天洗完澡后,她又喊了一声:"你快过来看电视!"于是滋彦连忙走进起居室,正好看到电视在播映龙卷风席卷乡间小镇的惨状。

　　"那应该是县道另一头,市川先生住的地方。哇,这么大的树都被吹倒了。我知道那不是平时能见到的大风,但没想到竟然是这样啊。"

　　妻子在旁边一边感叹,一边担心地看着画面。可是眼前那个树木倾倒、屋顶被掀翻的小镇,在滋彦眼中就像一个遥远而陌生的地方。受到损害最大的区域是小镇西部,与邻市接壤的地方,跟沿河的住宅区有一定距离。尽管如此,若不是画面一角打出了"卯月原町"的字母,他绝对无法察觉这就是自己平时生活的地方。"喂,市川先生?你那边没事吧?"看着迫不及待问候朋友的妻子,滋彦感到无比内疚,忍不住换了别的频道。

　　第二天是星期六,夫妻俩开车去看了被龙卷风侵袭的区域。头天的新闻上报道了倾倒的树木、被掀翻的屋顶和残垣断壁,但是一天过后,树木已经被清走,屋顶都盖上了蓝色薄膜。实际上最让滋彦震惊的是,所有损坏的房屋都是跟他们家一样,将近三十年前贷款购买的住宅。"看来我们家也危险啊。"他调侃了一句,然而平时大大咧咧、争强好胜、当过体育老师的妻子竟罕见地面无血色,一言不发。

　　他正要打方向盘回到大路，突然被一座房子吸引了目光。那座房子没有盖塑料布，屋顶的破损一览无余。房子稍微远离道路，周围都是农田或空地，乍一看跟他们家一模一样。这里是同一时代同一个建筑商修建的住宅区，所以周围的房子都大同小异。然而这座房子可以说跟他们家一模一样。也因为这样，房子的惨状让滋彦深受打击。斜屋顶左侧的板材大片剥落，裸露出木架，明明是白天，窗户却覆盖着木板，显得毫无人气。那可能是座空房子。想到这里，他不禁感到背后发冷。"你看那座房子，跟我们家一模一样。"如果他对妻子这样说，可能会加重她受到的打击，于是滋彦一言不发地驾车离开了。

　　小镇另一头有一座跟他们家一模一样，而且没了屋顶的房子。这件事本可以转头就遗忘，可是那天晚上，房子残破的模样一直在脑中挥之不去。他想起小时候生活在名古屋，父母经常提起伊势湾的台风。"你出生两个月前，台风吹到了伊势湾……"父母每次提起一九五九年的伊势湾台风，总会用无比凝重的语气，反复要求滋彦好好反省为何不多跟周围的孩子交朋友。他们最常说的话就是"哪怕晚走一天，你可能就不会出生了"。原来台风来袭那天，母亲故乡的甲府有一场法事，夫妻俩提前一天离开了刚盖好的新家。后来，父亲让临产的母亲留在甲府，先行回到家中，发现屋顶已经完全剥落，站在房子里就能看到大片蓝天。周围的房屋都受到了更大的损害，根本找不到堵住破洞的木材，工人又严重不足，于是父亲只能独自在那个破洞的房子里住了一段时间。母亲一直留在甲府娘家，三周后在附近的医院生下了滋彦。

于是，本来就胆子很小的滋彦在"哪怕晚走一天"的告诫中越发心惊胆战，每逢台风都吓得瑟瑟发抖。狂风骤雨的夜晚，他总是想象自己变成宛如肉虫的胎儿，被压得粉碎，汇入浊流，再也忍受不住愤恨和胆怯，钻进母亲的被窝里死死抱住她的手臂。

现在，那种冲动早已消失了。但是每次整夜风吹雨打，清晨台风过境，他走到庭院里，看见花盆里的植物倒在地上，晾衣竿被吹落一旁的情景时，还是会感到全身麻木。不知不觉间积累在心中的恐惧，在那一刻骤然变成了又逃过一次灾难的安然。同时，他又会意识到幼年的恐惧直到现在都如同鱼刺一般深深刺痛着身体，顿时产生淡淡的乡愁。

这一回，那淡淡的乡愁流连了更久。有时下班回来，或是周末休息，滋彦都会专程开车到小镇另一头，远远眺望受灾地区的修缮情况。但是，周围的房屋都渐渐恢复原状，唯独那座房子被扔在那里无人理睬。有一次，他鼓起勇气开到房子门口，走到玄关站了一会儿。门边的名牌上写着"西野"二字，门牌的位置、材质和字体，竟也跟镝木家的一模一样。房子周围没有围墙和篱笆，无法判断边界的庭院长满杂草，大窗户依旧被木板遮挡，唯有玄关旁的正方形小窗照常开着。他透过窗户看了看，里面是空荡荡的换鞋区，旁边墙上好像挂了一幅小画，别的都看不清楚。

可是，刚过完年的一个星期六早晨，滋彦再次开到那座房子的路边，却忍不住惊呼一声。原本惨不忍睹的残破屋顶竟被修复一新，仿佛从未损坏过。这是怎么回事？他正感到惊愕，突然听见有人敲了敲副驾驶席的车窗。转头一看，只见一名女性弯腰看着车里。他打开车窗，对方问："请问你是中介公司的吗？"那人面型细瘦，单眼皮，是个热情的年轻女性。

"哎，不是约了三点钟吗？家里还好乱，我才刚要整理呢，你可以稍等一下吗？钢琴和衣箱那些……"

"我不是。"滋彦慌忙打断她，"我不是。我只是路过而已。"

"只是路过。"——女人像学习外语一样，一字一顿地重复道。

"真不好意思，我只是觉得特别像……"

"啊，我吗？"

"不对，是房子。"

"房子？"女人瞪大眼睛，"你说房子吗？"

"这座房子跟我家一模一样……"

两人隔着车门，各自简单介绍了情况。秋天那场龙卷风过后，滋彦发现了这座跟自己家一模一样的房子，然后就经常过来看一眼。女人则告诉他，她父亲一直在这里独自生活，去年春天去世了，她趁过年休假好不容易才开始整理房子。

"龙卷风那段时间，我正好在国外出差。"

接着，女人又说她平时生活在东京，从事日本食材出口欧洲的工作，每年都要到国外长期出差好几次，所以一直找不到时间回来整理父亲的房子。

"我约了房屋中介三点钟过来报价，过段时间可能要拆掉房子。"

"拆掉房子。"——这回轮到滋彦一字一顿地重复那几个字。拆掉……要拆掉了?

"既然要拆掉,可能没必要修屋顶,不过我又想到,万一整理房子的时候下雨或下雪可就麻烦了。"

滋彦看向已经决定要拆除的房子。女人问了一句:"这座房子真的很像你家吗?"

"嗯,是的……我猜是同一时期统一建成出售的住宅,所以很多房子都长得差不多……怎么说呢……唯独这座房子跟我家一模一样。"

"哦,真的吗?外面可能一模一样,里面应该不是吧。反正都要拆了,要是你想看,就随便看吧。"

他被女人的爽快吸引,忍不住下了车。

打开房门,外面的光线照亮了他在玄关小窗看到过的画。那是一幅雪山的画作。脱鞋前,滋彦盯着画看了好一会儿。以前在名古屋,他在空气清冷的早晨,站在小学教学楼屋顶远远看到的御狱山,好像跟这幅画上的轮廓有几分相似。画的下方,也就是脱鞋区的右侧是开发商配的鞋柜,果然跟他家的一模一样。鞋柜完全敞开,旁边扔着一个半透明的大垃圾袋,里面装了应该是刚从柜里清出来的鞋子。

女人用异常豪放甚至略显敷衍的态度带他在乱糟糟的屋里转了一圈。滋彦发现这座房子不仅外表,连布局都跟自己家一样。看完一楼,两人又一前一后上了二楼。这里也有两个房间,在镝木家被划为女儿房(用书桌和衣柜隔成两个房间,目前祥子睡在其中一半)

的房间关着门，女人哈哈笑着说："这里以前是我的房间，连爸妈都不准进。"另一间房则敞开着。在镝木家，那个房间是滋彦的卧室（曾经是夫妻俩的卧室）。他看见房间墙角有一架堆满灰尘的钢琴，地上摆满了开口的纸箱，完全体现了什么叫"没有落脚之地"。

接着，两人又回到一楼，走进玄关旁边那个在镝木家曾经被唤作"妈妈房"的小房间。这里好像正在整理衣柜里的衣服，地上已经摆着好几个系紧袋口的袋子。女人一边说话一边继续收拾，滋彦便站在房间门口，漫不经心地看着她。然而，跟一个不认识的女人单独待在与自己家完全一样的别人家的房子里实在有些尴尬，没过五分钟，他就谢了那个女人，转身走向玄关。

临走时，女人拿出一个天蓝色的皮质卡包，递给滋彦一张名片。上面印着"西野瑛"的姓名和"食品供应商"的头衔。看到她的姓氏与门口名牌一致，滋彦第一个反应是她还没结婚，但转念又想，她可能已经结过好几次婚，最后又变成了这个姓氏。

他最后看了一眼雪山的画作，然后走出了那座房子，回到车上发动引擎。但是在踩油门前，他从手套箱翻出一张皱巴巴的名片，想了一会儿，再次走向那座房子的玄关。

那条信息显示，西野瑛星期六会过来最后确认一遍房子内部，然后下个星期三开始拆除工程，但她不会过来监工。

初次见面一个月后，瑛给他发来信息，婉转地表达了希望他过去帮忙整理的意思，滋彦没能拒绝。入夏前，他一共去了两次，然后大约每隔半年都会去帮一次忙。由于 JR 车站只能到达邻市，前往这里的公交车班数又很少，瑛每次都打车过来。然而这一带会打车过来的人通常都是参加婚礼或葬礼的客人。滋彦主动提出开车去接她，但他感觉那并非完全自愿，而是出于女人的暗示。换言之，就是他被利用了。尽管如此，他并没有感到不高兴。一次，他试图对妻子说这件事，因为她好像有个熟人住在那附近，若从那边传来奇怪的流言，事情恐怕会变得很尴尬。"上回不是有很多房子被龙卷风掀翻了屋顶吗，其中一座房子跟我们家的一模一样，现在房子主人死了，他女儿最近经常抽空从东京过来一个人整理……"

"哈？谁啊？我腰很痛，你别光顾着别人，为家里做点事情吧。"

那段时间，祥子的坐骨神经痛恶化，刚刚辞掉干了很多年的体育老师的工作。退休以后，她总是闷闷不乐地坐在家里，因为一点小事就大发雷霆，比青春期的女儿情绪还不稳定。曾经只是淡淡的烟雾越发浓郁，充斥着他们家的每一个角落。

那天滋彦还没说完瑛的事情，就被妻子骂得闭上了嘴。他并没有跟西野瑛发生不正当关系，而且一反初次见面的印象，瑛其实已经四十多岁，只比滋彦小一轮。可以说，她是一个行李箱里塞满了海苔和佃煮、满世界闯荡的豪气生意人……他不过为她充当了热心肠的司机和收拾房子的帮手。不能想太多。就算天地反转，对方真的主动献身了，他也很肯定自己能立刻转身，头也不回地逃到妻子身边。就算被人指指点点、暗中嘲笑也无所谓，胆小鬼也有胆小鬼的原则。他反复告诫自己，但心中还是控制不住地产生一股小小的暖意，像松鼠一样四下蹿动。

　　星期六，滋彦来到车站门口。西野瑛认出他的车，抬手打了声招呼，然后低头行礼。

　　她穿着看起来很柔软的米色长大衣，手上套着焦茶色皮革手套，站在车来车往的转盘旁边，显得格外惹眼。看到她微笑着走过来，滋彦也笨拙地笑了笑。

　　"每次都麻烦你，真不好意思。"

　　瑛坐到他旁边，摘下手套搓了搓手，随即捧住脸蛋。

　　"好冷啊……"

　　滋彦刚才已经为她调高了暖气温度，现在又调高了几摄氏度。

　　他一边听她聊自己的近况，一边驶向离车站不远的小乌冬店。这已经成了每次接到瑛的习惯。她说自己上大学就离开了卯月原町，在此之前，一家三口经常在星期日中午去那里吃乌冬面。滋彦一家四口生活在一起时，星期日中午都到县道旁边的"寿屋"吃天妇罗。孩子们最喜欢那里浇了甜口浇汁的天妇罗盖饭。每次结账回去，妻子都会拿一包收银台旁免费提供的天妇罗碎，当天晚上撒在冷豆腐上，或是做成御好烧的材料。

　　瑛点了野菜乌冬面，滋彦点了年糕乌冬面。她吃乌冬面很快，每次都第一个吃完。虽然那可能是她从小养成的习惯，但是每次看到瑛飞快地吃完，然后开始讲述最近去过的城市和在那里遇到的事情，滋彦都会忍不住想劝告她，其实不用吃这么急。他的女儿梓从小就吃得慢，可是现在，滋彦才吃掉半条烤鱼，梓就已经撕开了饭后的果冻。莫非在大城市待久了，女人都会觉得自己正在被追赶吗？不过仔细一想，其实祥子吃得也很快。这难道是因为他具有某种麻烦的特质，会促使身边的女人吃饭越来越快？想到这里，他突然有点莫名的焦急和混乱，几乎要冒出冷汗的同时，又感到食欲大增。

瑛每次都抢着结账，说要感谢他到车站来接。一开始滋彦还会拒绝，后来觉得总争论同一件事情很没意思，于是这一年来，他一直无所事事地看着她结账的背影。考虑到今天是最后一次，他提出要结账，最后还是被拒绝了。

"今天虽然很冷，但天气很好呢。"

瑛坐在副驾驶席上，似乎心情很好。滋彦确认完两边路况，驶出了乌冬店的停车场。

"太好了。如果最后一次跟那座房子道别，却碰上阴天或雨天，那就太伤心了。现在天气这么好，道别也能高兴一些。"

滋彦心里清楚她在说房子，但还是有点难过。

"房子拆掉以后，你就不来了吧？"

"可能短期内不来了。下周又要出差两个月。"

"这次去哪里？"

"法国比亚里茨，跟西班牙交界的地方。当地有个朋友想开一家饭团店，我去帮帮他。这趟工作完成后，我可能先回东京休整一下，看看后面的情况。"

"是吗？"

"你女儿呢？"

"啊？"

"你女儿还住在家里吗？"

他们上一次见面是初秋，梓已经退了东京的房子回到父母家，祥子明显越来越烦躁的时候。滋彦一边收拾餐柜里的餐具，将其放进不可燃垃圾袋，一边对瑛说最近家里的火药味很大。

"啊……嗯，还在家里。"

"她要搬回来了吗？"

"我也不知道……"

"不过她还年轻，肯定不久之后会自己找地方住的。"

"瑛女士的家不是这里，而是东京吗？"

"是啊，东京那边才是我的家。虽然没有这边的房子这么大，不过有个属于自己的地方感觉真的很好，而且还有水电和煤气呢。"

一提到东京的家，瑛就像谈论自己的故乡一样，总是特别高兴。三十九岁那年，她用所有存款交了首付，在千驮木买了一套二手房。滋彦猜测，她家一定有精心挑选的舒适床铺和办公桌，说不定还养了宠物。

属于自己的地方……滋彦默默思索着瑛说的话。想都不用想，他的家当然就是妻子和小女儿不时酝酿出浓浓火药味的那个家。的确如此。房子贷款已经还清，还跟家人住了三十多年，里面放着已经被压出他脑袋形状的枕头，以及妻子屁股形状的坐垫。那就是他的家。但是，那不是只属于他的地方。能让他像瑛那样高兴谈论的"我的家"，并不是那座房子。他想到的是自己正在驾车前往的，那个早已人去楼空，即将成为一片废墟的，阴暗而静谧的空间。

大约一年前，自从瑛忘了带钥匙，她就决定把备用钥匙藏在玄关小窗的窗台缝隙里。后来，滋彦竟经常偷偷拿钥匙到房子里去。公司要求他大幅清理人员的日子，他负责的地方工厂发生重大出货失误的日子，妻子一早起来心情不好的日子，收到旧友讣告的日子……他几乎是凭着一股冲动走进那座人去楼空的房子，跟他家一模一样、但没有别人的房子。

他通常会在那座等待拆除的空房子里待上十五分钟到一个小时，有时还会借着烛光看看报纸，但多数时候都在反刍脑中的模糊记忆：自己出生前，父亲从屋顶破洞看到的天空；他少年时眺望过的冬季的御狱山轮廓；高中跟朋友到横滨港口看到的夜景；一边训斥吵架的女儿，一边抓起天妇罗碎的妻子的健壮的胳膊……大块的记忆只消轻轻戳动，就像脆弱的矿石般溃散，变成细碎的残片，飘荡在黑暗中。早已消退的欲望、使命，还有对人生的期待，都从那些断面中渗透出来，让每一块碎片都散发出耀眼的光芒。坐在那座空房子里，他既觉得自己已经活了太久，又觉得自己还没活够，最后听到的，必然都是伊势湾台风的轰鸣。

"每个人肯定都能找到属于自己的家。"

瑛在旁边说道。滋彦轻叹一声。

来到房子门前，瑛先横过手机拍了一张照片，接着请滋彦帮她拍一张。于是他让镜头对准站在玄关的瑛，按照她的说明按下屏幕上的圆形按键。瑛走过来看了一眼，皱着眉说"有点模糊"，又让他重新拍了几次。

她没用自己的钥匙，而是拿出小窗缝隙里的备用钥匙开了门。滋彦看到那幅山峦的画作久违地出现在阳光下，突然产生了想要那幅画的冲动。他感到，这幅画里凝聚了自己在这里的所有记忆。

"这幅画……你打算怎么办？"

瑛听到他的话，仿佛第一次注意到墙上的画。

"啊，这个啊……以前一直住在这里，都没把它当成画了。你喜欢吗？"

"嗯，很喜欢。"

"那就请你收下吧。不仅是这幅画，房子里如果还有你喜欢的东西，都拿去吧。"

这里的钢琴、衣箱、床等大件家具都已经卖掉了，房子里早就没什么东西了。据说拆房子时，家具要按照重量另外收费，所以这里只剩下一些卖不出去的旧床和餐柜。

这时，瑛卷起大衣袖子，拿倒扣在走廊上的桶接满水，浸湿了拖把。反正房子都要被拆掉了，滋彦觉得她这么做毫无意义，可她还是坚称"走廊是风的通道"，一副被安排值日的初中生的骄傲表情，开始清洗地板。滋彦也不能干站着，只好拿起旁边的抹布浸湿，心不在焉地擦起了门把、柜子背部等等。很快，瑛拖完了走廊，留下一句"我上二楼看看"，提着拖把走上了台阶。她一步一步往上走，露出包着丝袜、已经踩成淡褐色的脚底。滋彦站在楼下，偷偷看了几眼。

　　他到头来还是没机会走进二楼最里面的房间。自从瑛说了那句"爸妈都不让进"，他就很是惶恐，不管房间主人是否在场，他都没想过要进去。他竖起耳朵，但楼上没什么响动。于是他便用机械的动作反复擦拭，等待瑛下楼来。等着等着，一个想法宛如从天而降的石块，突然砸进他脑中。搞不好等待的人不是自己，而是瑛吧？他慌了。瑛是否脱下了米色大衣，坐在那扇门背后空无一物的地板上，准备向他展示残留在房间中的少女回忆，还有窗外的风景……光是想象，他就无法呼吸了。

　　"好了。"

　　过了将近一个小时，瑛笑着下了楼，将拖把倒置在玄关门边。

　　"你猜我在上面干什么了？"

　　她双手插在大衣口袋里，冻得缩起了肩膀。滋彦回答不上来，接着便听到了意想不到的答案。

　　"我想放火来着，可惜光靠火烧不完。"

　　"这怎么……"

　　"开玩笑啦。"

　　"啊……"

"上初中时，我干过一次。那次我跟爸妈吵架，就拿火柴去点窗帘，结果那是防火窗帘，没点着。"

没等他追问她是否真的在开玩笑，瑛又留下一句"我们走吧"，提起水桶去厨房倒了水。滋彦感到自己就像一个慢慢沉入水中的人突然恢复了呼吸，怀揣着不自然的悸动，将抹布挂在拖把旁，穿上了鞋子。

"我在外面等你。"

从远远的赤城山吹来晚秋下午的风，打在脸上又干又冷。这座房子的庭院和周围的空地都一片荒凉，长满了绿色与褐色交杂的野草。由于女儿从夏天开始特别热心除草（那孩子并非什么都不做，对除草尤为积极），镝木家的院子已经成了一片惨不忍睹的光秃黄土。全无杂草看着固然无趣，不过任凭杂草疯长，同样显得寂寥。

这时，滋彦回过神来，发现瑛还未出现。他不禁怀疑，这次并非瑛等他过来，而是等他离开了。这一刻，她可能就在玄关另一头，静静等待他这个陌生人完全消失。如果冷静思考，就会发现其实不只是现在，刚才她独自待在二楼时，也可能希望他离开。难得要与陪伴自己度过了童年的故乡房子道别，若旁边有个陌生人走来走去，恐怕无法好好沉浸在回忆中。刚才那一个小时的沉默，或许是瑛的暗示。

"你啊，总是不擅长理解别人的意思。"脑中久违地响起了妻子以前常对他说的话，滋彦不禁苦笑。他打开车门，但是想了想又关上了。因为他还没拿到那幅画。

他握住不知已经接触过多少次的金属门把，用力打开大门。瑛就站在门口，正在戴手套。

"画。"滋彦说，"画还没有……"

"哦，对啊。"瑛微笑着，又摘下了手套。下一个瞬间，她左手撑住鞋柜，左脚支撑身体，右腿向后抬高，朝着墙上的画伸长了右手。滋彦忍不住猛吸一口气。虽然只是一瞬间，但他注意到瑛的动作迅疾而简练，有种器械体操的动态之美。

"给。"

她拍了拍画框上的尘土，把画递给他。滋彦看着她，脑中再次涌出混乱的思绪。莫非她以前上过妻子的体育课？奇怪的是，他在此之前从未想过这种可能性，也有可能是下意识地不去想这件事情。妻子今年五十九，瑛四十过半，计算下来完全有可能。她摘画时瞬间展现出的身体协调性在滋彦眼中既新鲜又熟悉，虽然他无法用自己的身体重现那个动作，但换成妻子，就能轻易做出来。取下卡在晾衣竿末端的袜子时，伸手去拿厨房挂钩上的饭勺时，妻子都会摆出那样的动作。

滋彦接过那幅没有包装、还满是灰尘的画作，先上了车。瑛站在玄关门外，又拍了几张房子的照片。

"门前的方格瓷砖——"瑛总算坐进车里，开口就说，"我挺喜欢的。"

"我家也是那样的。"

"每次一下雨，就变得像巧克力一样。"

"还要再看一眼吗？"

"不了。"瑛凝视着玄关说，"够了。我们走吧。"

那座已经道过别的房子，在夕阳下变得越来越小。他自己的家，是否也会迎来这么一天？或许等他不在了，女儿渐渐老去时，他们的家也会成为她们眼中渐行渐远的回忆。

他瞥了一眼坐在旁边的瑛，发现她的双眼并没有湿润。可能因为光线，她的眼睛看起来比平时更干燥，宛如磨砂玻璃。滋彦猛然意识到，他们已经认识了将近三年，他还是不知道这个女人在东京究竟过着什么样的生活。

"好寂寞啊。"

驶上县道后，他说了一句。"好寂寞……"瑛像第一次见面那样，一字一顿地重复了滋彦的话。

"送别自己长大的家，很不好受。"

滋彦长大的家虽然经历过伊势湾的台风，但现在已经消失得无影无踪了。他在东京找到工作那年，父亲就去世了。后来，他在关东地区经历过几次工作调动，最后在这个小镇安了家，还请来了留在家乡的老母亲。接着，他便像瑛一样，一趟趟到名古屋收拾房子，最后拆除建筑，卖掉了土地。

"但也不能一直扔着不管。"瑛说，"如果没人住，房子反倒更可怜。"

"但是与其让一切都消失……"

"真的一切都会消失吗？"

瑛搓着双手，像祈祷般十指交错。

"房子……房子的确会完全消失……但是我只要一想起父母，就会想到一家三人生活在那座房子里的情景。那座房子之外，我和父母都不存在。"

滋彦默默地开着车。他一时没有理解瑛的意思，脑中只有空无一人的家被拆除后的荒凉景象。夕阳从侧窗照进来，他眯起了眼。瑛似乎注意到了他的表情，用温和的语气继续道："对不起。镝木先生帮了我这么多忙，还像管家一样每次接送……"

"不，没什么。毕竟都住在同样的房子里……这么说可能有点奇怪。毕竟我们住的房子长得一模一样，也算是缘分吧……"

"镝木先生看到跟自己家一样的房子被拆除，心里不会难过吗？"

"嗯，怎么说呢……"

滋彦沉默下来，想在最后给瑛留下意想不到的回答，接着鼓起勇气开了口。

"老实说，我的确很难过。有时我还会去……但这只是借口……其实我有时会擅自坐在那座房子里发呆。通常是下班回家前，在里面坐个十五分钟，长的时候大约一个小时。什么都不做，就是呆呆地坐着。"

"啊，那座房子？你一个人？偷偷溜进去了？"

他以为瑛会生气，但听她的语气，像是觉得很有意思。

"嗯，是的。我偷偷溜进去，在里面发呆，想象瑛女士说的只属于自己的家。真对不起。"

"那镝木先生就有两个长得一模一样的家了。"

瑛笑着说。

"我以前看过一部电影，说法国乡间流传一句话：一个人娶了两个妻子就会失去他的心，拥有两个家就会丧失理智。"

滋彦心里一惊。拥有两个家会……丧失理智？瑛又说："镝木先生也丧失理智了吗？"

那个瞬间，视野右侧的夕阳被巨大的黑影覆盖，滋彦条件反射地向左打方向盘。不等他踩刹车，就感受到了一阵轻微的冲撞。

"没事吧？"

瑛捂着嘴，身体向前倾斜。"我没事。"听到她的回答，心中的安然竟无比强烈。可是，正因为那种感情如此强烈，他才意识到这不是单纯因为旁边的女人平安无事，而是因为他无须送她去医院，无须对妻子说明情况，无须面对那些令人难以忍受的麻烦。

他看向窗外，发现一男一女两名青年和一辆自行车倒在路上。他们应该是同乘一辆自行车，两人都有一条腿被压在自行车下。看来，他并没有逃脱所有麻烦。

"你们没事吧？"

他打开车门，正要下去扶起倒地的人，却忍不住倒抽了一口凉气。倒在地上的人是祥子。他开车撞了自己的妻子！但是仔细一看，那个慢慢撑起上半身，虽然刚被撞倒，却带着一脸已经干等了好几个小时的无聊表情的女人，原来是女儿梓。

这孩子，无论在家里还是外面，怎么都是一副那样的表情？滋彦又感到心中涌出与现状毫不相符的另一种安然，不由得苦笑。

"啊，爸。"

梓也认出了父亲，脸上的无趣立刻变成了惊讶。

"没事吧？"

梓蠕动着身体，自己从自行车底下爬了出来。可是前面那个健壮的男人却躺在地上，只知道发出闷哼。

"讨厌，差点就被自己爸爸撞了。这是我爸。"

女儿说完，那个男人先是一脸疑惑，继而看了看两人的脸，表情骤然改变。滋彦挪开自行车，拉着他站了起来。要是撞断了腿，麻烦就大了。不过对方说应该没事。

"我姓野田。"他报上了姓名，但梓没有解释这是朋友还是恋人，只说"我们正要回家"。这时，滋彦才开始慌乱。因为女儿的视线已经移向了副驾驶席上的女人。

"我也正要回家。"

"哦。"女儿盯着那个女人，漫不经心地应了一声。

"那人从东京来，我正要送她去车站，然后就回家了。"

梓又"哦"了一声。

几分钟后，变了形的自行车被塞进后备厢，女儿和不知是朋友还是恋人的男人坐上了后座，他再次发动汽车。

山峦的画作宛如隔墙，竖立在后座的两个年轻人中间。瑛可能有点顾虑，只对他们打了声招呼，就再也没有说话。不只是瑛，车里没有一个人说话。

　　那个男人住在附近，滋彦在他的指引下，开车来到一座显然刚盖好没几年的气派房子门前，放下了他和自行车。门口嵌着一块白色大理石花纹的名牌，上面刻着野田的字母"NODA"。男人低头道谢，有点一瘸一拐地推着自行车离开了。梓只说了一句"保重身体"，然后就关上车门，把山峦的画作推到了男人刚才坐的地方。

　　他又开到车站，瑛下了车。她重复说了今天已经说过很多次的"谢谢"，之后犹豫片刻又小声说："那下次见。"继而露出了收敛的微笑。滋彦回复了同样的话，微微颔首道别。后座的女儿也一言不发地低下了头。他像陌生人一般目送瑛带着翻飞的大衣下摆离开转盘。事实上，他的确是陌生人。

　　他本以为梓会换到副驾驶席，但女儿并没有动弹，一直坐在后面。

　　"这幅画是什么？"

　　离开车站没多久，她就开口问道。

　　"那是山的画。"

　　"我知道是山的画……哪里的山？"

　　"是爸爸小时候看过的山。"

　　"名古屋的？"

　　"嗯。"

　　"人家送的还是买的？"

　　"人家送的。"

　　"哦。"梓再也没问什么。

　　他沿着县道驶入卯月原町，左侧很快就出现了被龙卷风侵袭过的地区。已经过了三年，龙卷风的痕迹早已消失不见，家家户户的房顶各自反射着夕阳。有一座等待拆除的房子也在某个角落享受着一天最后的阳光，他想象的那个光景，就像一张老照片。

"梓，"他叫了一声，但不知接下来该说什么，"肚子饿吗？"

"肚子？不太饿。"

"要不要去'寿屋'？"

"现在？"

"现在。你不是喜欢那里的天妇罗盖饭吗？"

"天妇罗盖饭啊……"

又过了一会儿，道路右侧出现了天妇罗店的招牌。他很想对后座的女儿说"爸爸很饿，特别饿"。就在店前的路口亮起红灯时，梓说话了。

"我是很想吃，但妈妈可能已经在做晚饭了。"

"是啊。"

"下次吧。"

"好吧。"

信号灯变绿了。

车子经过天妇罗店，一路向前驶去，在周围都是芋田的住宅区向右拐弯。山峦绘画在座位上滑动，落到了地板上。梓把画捡起来放回座位，可是在下一个拐角，再下一个拐角，画都重新落到了地上。每次梓都会抓着画框把它捡起来，然后稍微打量一下画上的山峦和远处的赤城山。

島

私の家

道世把脑袋埋在两个雪白的枕头中间，闭着眼睛躺了很久。

她不清楚自己是今天还是昨天离开了伊锅家，也想不起自己怎么来到了这里。

这一路多么漫长而复杂啊！公交车、电车、飞机、计程车，她记不清自己按照什么顺序乘坐了那些交通工具，只记得自己被束缚在狭窄的座位上，起飞的瞬间连内脏也跟着飘浮起来。窗外的景色瞬间倾斜，然后飞快地向下流动。她明明一步都动不了，却被不断带向云层之上。空中不存在双眼可见的道路。如果看不到路，她就无法自己回家。一想到这里，她突然非常害怕，最后一直没合眼，熬过了无比漫长的旅程，像一团废纸似的下了飞机，还没来得及喘口气，又被塞进另一种交通工具，如今终于躺在如同紧绷的鼓面一样膨起的酒店枕头夹缝里，觉得自己变得无比渺小。

她有点冷，想盖上床脚的毛毯，但是摊不开。那东西摸着像毛毯，却又细又长，无论横着盖还是竖着盖都不对劲。最后她放弃了，干脆钻进被窝里，目光轮番扫过天花板的四个角落，像缝补袜子上的破洞一样，努力想让这宽广的空间收缩起来。

门童把她借用的行李箱放在了窗边，宽阔的窗户覆盖着白色透光窗帘。隔着窗帘，她看见了林立的大楼，还有大楼缝隙间宛如注射器般耸立的高塔。太阳还高挂在空中，所有建筑物的表面都折射着耀眼的光芒。

——"有个新西兰的朋友问我年底要不要过去玩，因为母亲需要照顾，我就拒绝了。"

如果村田没在喝茶时说出那句话，事情肯定不会变成这样。一提到出国旅行，峰岸先生立刻有了反应，很快两人便说起了自己外出旅行的故事。道世心不在焉地听着，突然想起外甥女曾经送过她那个国家的特产羊毛手套和围巾。据说外甥女有个朋友住在那里，每年她都会一个人去找那个朋友玩。"道世想去哪里玩？"听到有人提问，她就说了这件事，村田马上劝说道："如果你外甥女每年都去，那你一定要跟她一起去看看。"其他两个人纷纷表示同意。"人啊，一辈子必须出去旅行一次。"

"这么大年纪了，我才不要出国呢。"说完，道世便默不作声地喝起了茶。可是当天晚上，她还是打电话给纯子，问了大概的旅行费用。之所以会这样，是因为她想起了秋天突然来访、连行李都没带的外甥女的女儿。像她那样心血来潮地踏上旅程，似乎也挺有意思。她本来只打算问问，没想到外甥女格外高兴，还说今年十二月准备再去一趟，并邀请她一同前往。第二天，应该偷听不到那番对话的村田竟带来了一个石榴红的小行李箱，峰岸先生送了她一个有很多口袋的粉红色腰包，长沼先生则送了一个可以挂在脖子上的碎花护照包。

村田拿来的行李箱可能是他夫人的吧。道世躺在床上，呆呆地思考。虽然她没有问，但是摆在桌上的腰包和护照包无论从颜色、花纹还是折旧情况来看，都像是他们夫人的东西。尽管一开始只是为了节省旅行费用，可是一想到自己不知不觉间把他们夫人心爱的物品握在手上、缠在腰间、挂在脖子上，大老远地跑到了国外，道世心里还是有些过意不去。

她又翻了个身，房间突然发出尖厉的响声。她吓得坐了起来，听见走廊另一头的房门轻轻打开，外甥女叫了一声："姨妈？"

"你没事吧？睡着了？"纯子走进来，手上还抱着褐色的大纸袋。

"嗯，没事。能帮我关空调吗？有点冷。"

纯子连连答应，按了几下空调控制面板，然后掏出纸袋里的东西摆在茶几上。像是用蔬菜夹着面包的三明治、上面撒着一粒粒小东西的绿叶沙拉，还有盖了很多奶油的布丁……

"我看这些都很好吃，就全买了。明明才在机场吃过，可我肚子有点饿了。而且机场那边的意面黏黏糊糊的，不是很好吃。"

说完，纯子就拆开三明治包装袋，咬了一大口，接着空出左手拿起遥控器，打开了电视机。调到正在播放新闻的频道后，她便拿着三明治，蹬掉鞋子，躺在了靠窗的床上。

"我很喜欢这样。"

纯子一边说，一边咀嚼脆生生的蔬菜三明治。

"纯子，你很习惯旅行呢。"

"也是最近几年才开始的。"

"英语也说得很好。"

"一点都不好，都在蹦单词。"

旅途中，道世亲眼看见外甥女用英语跟乘务员和酒店前台的人对话，心中万分惊讶。这个纯子小时候身体不好，又很害羞，现在长到六十多岁，却变得身材丰满，嗓门洪亮，一走出机场就仰起下巴戴上墨镜，其大方之态让她敬佩不已。纯子跟丈夫已经结婚三十多年了，但很少提起他。道世只听说他几年前独自到大阪驻扎，又断断续续地听说自从丈夫去了大阪，纯子就开始每年去一次新西兰。道世并非不想打听她那个住在这里的朋友是什么人，但又不想远在国外被唯一的同伴疏远，决定暂时收起多余的好奇心。

"现在天还早，休息一会儿去散步吧？"

"不了，我今天先睡了。你要出去就出去吧，我太累了。"

"我也挺累的。"纯子擦了擦嘴，拿起第二块三明治咬了一口。

"这些够我们吃晚饭的，姨妈你多吃点。今天就休息吧。"

新闻播音员正一脸凶神恶煞地对旁边的初老男性提问。那个衬衫领口解开了两颗扣子的男人也同样凶神恶煞地陈述自己的意见。道世躺在床上，呆呆看着两个人的火热争论。再看旁边，纯子拿着没吃完的三明治，已经睡着了。

时钟显示现在是十五时五十五分，算上时差，就是日本的十一时五十五分。她出门旅游的这一个星期，那三个人在哪儿度过上午的时间呢？她正要想象，突然觉得大老远地跑到外国来，很不愿意去想那三个人的事情。

这下又有点热了。道世想着，把棉被推到了腰间。她站起来，按了一下面板上的长按钮，只听见"轰"的一声，室内吹起了冷风。

站在那座注射器一样的高塔上，可以看到奥克兰的全景。

高楼大厦的另一端是港口，对岸是突出的半岛，海的另一边还有山麓格外宽大的山岛。那座岛整体构成了平缓的山坡，山峦吸附着海面，就像吸在瓷砖墙上的透明吸盘。

"那是山还是岛啊？"道世问。

"都是吧。"纯子说。她们脚下的地面很多都是透明玻璃，道世战战兢兢地走上去，看见双脚的下方满是来来往往的行人，他们的脑袋都只有串珠大小。

然后，道世跟在纯子后面，漫步在异国的街道上，顾不上欣赏周围的景致，只顾着注意脚下。在这个语言不通的国家，若是不小心跌倒，不知道会有什么遭遇。不时抬起头，眼前就是她们刚上去过的高塔，还有镜子一般倒映着高塔的摩天大楼群，以及让人沁出泪水的蔚蓝天空。那片天空之下，是一群仿佛只穿了内衣的轻装之人，不分肤色脸型、身材高矮、年龄大小，都在忙忙碌碌地穿行。

无论从高空向下看，还是在地面向上看，他们都给人以一种形似串珠的感觉。

"姨妈，你要跟上哦。"纯子回过头来，表情竟有些神似姐姐。姐姐比她大一轮，两人从未一起出门旅行过。虽然她从未有过一起旅行的想法，但去一次倒也不坏。然而姐姐早早离开了娘家，道世并没有与她一起玩耍的记忆。在她怀抱青春期的烦恼，想找人倾诉时，姐姐也忙着照顾自己的孩子，恐怕很少想起她这个差了很多岁的妹妹。不知为什么，有很长一段时间，姐姐突然对她不理不睬，格外疏远。当时她还痛恨姐姐自私，不过现在回想起来，她又后悔当时没有关心姐姐在想什么、在承受什么痛苦。

"在这么遥远的大海另一头，还有一大群人挤在一起建造一座城市，一脸理所当然地走在路上，真不可思议。"

纯子在公交车上感慨道。道世也深有同感。

"这次能带姨妈过来，我真是太高兴了。"纯子突然感叹起来，道世顿时僵住了。

"是吗？我肯定很碍事吧。谢谢你带我出来。"

"一点都不碍事。妈身体好的时候，我也邀请过她，可她坚决不坐飞机。"

"姐姐也真是的，出来走走多好呀。"

"我妈说，飞机坐到一半想下也下不去，所以她不敢坐。"

"电车和船中途跳下去也会死人啊。"

"关键不是跳下去之后，她是受不了飞机上的门窗都封死了，压根跳不出去。"

"那就没办法了。"

"就是。我妈不适合坐飞机。"

纯子的双眼渐渐湿润了。道世假装没看见,转头眺望窗外的风景。

下车后,她们走了十五分钟,来到火山口遗址。隔着山顶那个绿色碗状的火山口,远处就是刚才那座塔,以及在塔上看到的半岛和吸盘一样的山岛。她们又下了山,来到一家纯子很喜欢的大咖啡厅。这里可以从玻璃柜里挑选自己想吃的餐品,然而放眼望去,不是捣成糊的土豆,就是油滋滋的豆子沙拉,哪一样都提不起胃口。再看纯子,她倒是指着柜子点了一样又一样,显然乐在其中。道世指着旁边那堆好似砖块的三明治,问纯子里面有什么。"说是吞拿鱼。"扎着麻花辫的年轻店员回答完纯子的问题,不等道世做决定,就用餐夹拿出三明治递了过来。

接着,她们又坐上公交车,花了一个小时缓缓登上另一座山,继续眺望城市风景。这座山不是火山,顶上矗立着一座大剑似的高塔,周围还能看见很多山羊。她们绕开路上的山羊走下山,道世突然意识到今天一直在上上下下,不禁有点疲劳。回酒店的路上,她们走进一家超市,里面摆着一百年都卖不完的大量商品。销售冷冻食品的区域塞满了一家人都吃不完的巨大冷冻蛋糕和冷冻比萨。她觉得自己商店里的东西全部加起来也塞不满这个巨型冻柜,正忙着感叹自己来到了一个不得了的地方,突然听见有人在背后说英语。

她转过头，只见一个脖子被晒得黝黑、戴着金项链的红发女人好像在问什么问题。她慌忙向旁边求助，可是推着购物车的纯子不知去了哪里。她正不知如何是好，却见对方耸了耸肩，好像特别失望地伸出了手。她条件反射地绷紧身体，那只手绕过她的侧腹，从后面的冻柜里一把抓了五个巨型冷冻比萨，啪地扔进另一只手扶着的购物车里。

哦，原来她要拿比萨啊。道世稍微放心了一些，看着面无表情离开的红发女人，突然感到筋疲力尽，呆站在原地迈不开步子。

一回到酒店，道世就浑身发软地坐到床上。

"啊？怎么了？累了？"

"嗯，看风景已经看够了。"

"是吗？啊，真对不起，让你走了不少路吧。我还在想明天要不要去德文港……"

"德文什么？"

"德文港，在海那边，可以坐渡轮过去。今天在高处不也看到了吗，那个碗一样的山前面的那座半岛。那里很漂亮。今天我们在大路上不是看到一个停了很多船的地方吗，在那里坐船，十分钟就能到。"

"是吗？我还是不去了。"

"可是后天就去克赖斯特彻奇了，要逛只能明天逛哦。"

"没关系，纯子你自己去逛吧。"

"真的吗？你很不舒服？"

"没有不舒服，就是累了。"

"是吗？那就好……明天傍晚我约了住在这边的朋友……"

纯子有点犹豫，道世马上对她摇头："去吧，去吧。你真的不用管我，给我留点吃的就行了。这附近有乌冬面之类热乎的东西吃吗？"

"没有乌冬面，倒是有拉面。而且超市应该有速溶的味噌汤。要是你早点说，我刚才就买了。"

"我也是突然想吃。不过包里还有白天剩下的三明治。我是一步都走不动了，纯子要是觉得饿，就自己随便吃吧。"

纯子走进浴室洗澡，道世躺倒在平整的床上，闷哼一声，蜷缩起来。

床上的枕头依旧像太鼓一样鼓胀着，床单像摊得很薄的糖画，笔直地绷着。她完全没想到，感觉不到地面的坚硬竟会让人这么坐立不安、心生惊恐。跨越了如此漫长的距离，来到如此遥远的地方，自己却这么没出息。像个猴子一样爬上爬下，与砖块一样的三明治格斗，妨碍当地人买比萨，每晚都睡在太鼓和糖画上，丝毫无法放松。

她特别想念伊锅的家，想念陈旧的被褥。她不想再看新鲜事物，只想回到自己习惯的环境里。但是这里太遥远了，她一个人回不去。就算她厌倦了，也不能随时套上鞋子，沿着看不见的云端道路自己走回去。

第二天，纯子买来了一整天的食物，并在道世的劝说下，下午离开了房间。

她准备先去自己喜欢的羊毛制品店买礼物，然后回一趟酒店，再出去见朋友。离开前，她裹好橙色围巾，留下了教道世如何打电话的便条，不知为何脸上带着一丝内疚。当然道世一句话都没有多问。

开电视也只是增加噪声，于是她坐在窗边的椅子上，呆呆地看起了外面的风景。难得出来一趟，写写旅行日记好像也不错，于是她又从行李箱里拿出了本子和铅笔。然而，她怎么都想不到如何下笔。闲着没事，她便拿起貌似酒店导游册的厚书翻了翻，又打开冰箱一个个打量里面的饮料。接着躺到床上，继续眺望窗外。看着看着，她有了灵感，便坐起身来，在摊开的笔记本上写下一行字——太鼓枕头、糖画床单、绷硬绷硬。写完一看，又觉得有点蠢。就在那时，电话突然响了起来，吓得她惊叫一声。

她考虑了一会儿要不要接，但是想到可能是纯子，就拿起了话筒。然而打电话的女人不是纯子，一开口就对她讲起了英语。她一点都听不懂，只听见了自己的姓氏，便小心翼翼地说了声"yes"。那头突然换了个人，一个熟悉的声音对她说："道世女士？

"道世女士？我是伊锅的村田。"

"啊？"她刚应了一声，就听见村田对旁边的人说："道世女士接电话了。"紧接着听筒里又传出一声："哦哦！"

"那边怎么样？天气好吗？"

"天气很好。你怎么打来了？"

"没什么，就是想看看你怎么样。峰岸先生和长沼先生都很担心你。"

"他们也在吗？"

"对啊。"

"我很好。"

"我们也很好。"

"有什么事？"

"没什么事。你那边现在几点？"

"现在……"道世看了一眼床头柜上的数字时钟，"现在是下午一点零四分。"

"这边是早上九点零四分。我们在公民馆的大堂。"

"怎么跑到公民馆去了……"

"我们想趁道世女士不在的时候尝试一点新活动，正要去当志愿者贴纸门呢。"

"哦，这样啊。"

"峰岸先生想跟你说话，换他听吗？"

"都可以。"

"阿道，how are you？"

"你们要去贴纸门？"

"对啊，因为阿道不在，都无事可做了。你那边怎么样？吃到好吃的没？"

"我吃了吞拿鱼三明治。"

"那么道世女士，"不等峰岸回答，村田又接过了听筒，"祝你顺利。"

通话就此中断，跟来时一样突然。

这些人真怪。道世嘀咕着放下话筒，眼眶却湿润了。她倒不是想念那些老男人，也不是听到他们的声音突然感到放心。那么，她为何会流泪呢？

道世长叹一声，又坐到椅子上，倒了杯水一饮而尽。她瞥见村田借给她的石榴红行李箱，箱子外表有很多划痕，内侧却像新的一样。他夫人一定是个认真仔细的人吧。峰岸先生借给她的腰包和长沼先生借给她的护照袋都放在桌上，两样都像是细心保养并使用了很多年的东西。看着那三样借来的东西，她自然而然地想到了电话另一端那三个人的脸。她想仔细回忆那几张脸，却发现面部轮廓突然模糊，变成了三个性格仔细的女人的脸。她当然联想不到眼睛或鼻子的细节，只知道那是她们的脸。

她突然有点心动，便在笔记本上写下了"夫人"。再回过神来，自己已经扣上腰包，挂着护照袋，走出酒店向着大海进发了。

走到大路尽头，她很快就找到了轮渡码头。她感到自己不是一个人，而是代表了好几个女人，决心来一场一辈子只有一次的冒险。她要去纯子说的那个德什么半岛看看。她在一字排开的几个乘船点招牌上找到字母 D 开头的单词，在那里排队，掏出钱包里最大额的新西兰货币，说了一声"德文"，轻易就买到了船票。刚坐下来，船就起航了。奥克兰的大街小巷渐渐消失在白色浪花之后，她真切地感受到自己的旅程开始了。她感觉平时稳稳待在电池盒里，用于思考和说话的电池已经脱落，在体内摇摇晃晃。

可是一走上对岸，她马上陷入了不知如何是好的困境，于是她仔细观察周围三五成群的乘客，跟在一个老年人较多的团队后面走了起来。没走多久，她发现道路又变成了坡路。尽管心中有些颓然，她还是下定决心，走走停停地爬了上去，发现坡顶竟是一片开阔的原野。绿色的草地上随处可见红蘑菇形状的矮凳，男女老少或站或坐，都在享受休憩的时光。海的那一头是昨天在高处看到过几次的山岛，依旧像个巨大的绿色吸盘，倒扣在海面上。

道世在原野上转了一圈，坐在远眺奥克兰的长椅上，长出了一口气。离开酒店还不到一个小时，原本躲在房间里的自己却来到了这个地方，眺望着来路。从日本越过大海来到这个岛国，爬到高高的山上眺望脚下的风景，然后越过大海来到这个半岛，继续眺望原来那个岛屿。道世此时才领悟到，这就是世人所谓的"旅行"。换言之，旅行的精髓就是走到一个地方，远眺自己待过的地方。她连忙拿出腰包里的本子，写下一句话——精髓就是往上爬，然后眺望。

下山后，她漫无目的地穿行在白色外墙的住宅之间。这里的房子看不出有两层楼还是三层楼，屋顶特别尖，大多还有个烟囱。所有房子都带着庭院，院子里种着繁茂的树木，还有白色和粉色的花朵。隔着一座房子的栅栏，她还看到一个白发老太太拿着水管浇水，不由自主地停下了脚步。老太太发现她，笑着说了声"hello"。道世也回了一句"hello"。那是一个不大不小，让人很想种满花草的庭院。"啊，如果我家也有这样大小的庭院该多好！"瞬间，道世心中充满了对这个老太太的羡慕之情。她以前从未羡慕过别人家的庭院大小，因此对自己的强烈反应震惊不已。她已经很久没有这么想要一样东西了。

"不过，为什么这个人住在这座房子里，我住在伊锅的房子里？这个人住在伊锅，而我住在这里的可能性，不也一样吗……"道世看着水滴迎着阳光洒落在绿叶上，眯起了眼睛。

人生真不可思议。她并没有选择出生在伊锅。每个人早在出生之前，还是一团算不上生命的存在时，就已经被迫抽选了今后的人生。如果真的是这样，她很想对比一下自己和这个老太太的签文，看看为这个美丽庭院浇水的她，和随着乡间小商店慢慢腐朽的自己究竟有什么不同。她真想无须翻译，跟这个老太太坐在阳光灿烂、大小恰到好处的院子里，在柔软的青草环绕下，讲述彼此的见闻、吃过的美食、心中的执着，直到太阳下山。

一只长毛三花大猫从房子里走出来，在草坪上伸了个大大的懒腰。浇水的老太太对猫说了几句话，猫便走到阳光下，躺倒在地。

同样的阳光也洒在了道世的背上。

道世买了海鲜派带给纯子。因为一个看着还是小孩子的女生在码头小摊上喊了她一声，她实在拒绝不了。哗哗作响的小袋子一直很烫手，就像装满了道世在这座半岛上完成的此生唯一的旅行记忆，火热而高亢。

穿过酒店大堂走向电梯时，她瞥到咖啡厅有一团橙色的围巾。

道世停下脚步，仔细打量，果然是纯子。她对面坐着一个身穿米白色衬衣、头发花白的男人。虽然道世只能看到男人的背影，但她发现纯子的表情异常温柔。她说傍晚才去见朋友，其实可能整个下午都待在一起。道世暗自领悟，准备自行离开，但是又改变了主意。

"纯子。"

她走过去喊了一声，纯子也惊叫一声，同时看向对面的男人。道世跟着看了过去，第一个想法是这人长得真有味道。他看上去跟纯子年龄相仿，脸上泛着淡淡的光泽，眼角皱纹明显，但并不显老，反倒凸显了细腻的感觉。这张脸与道世隐约记得的纯子丈夫的截然不同。

"姨妈，你去哪儿了？"纯子问了一声。

"我去德文岛了。"道世骄傲地说。

"德文？你去德文港了？一个人？"

"对，一个人。"

"真的吗？"纯子瞪大了眼睛，"怎么去的？"

"我一个人坐船去的。给，这是礼物。"

她递过小袋子，纯子大张着嘴看了看里面的东西。道世趁机看向对面的男人，却对上了格外强烈的视线。她以为自己妨碍了约会，正要转身离开，男人却站起来说："请等一等。"

他一站起来，道世才发现这人特别高大。他手指上戴着好几个木头戒指，骨节格外分明。麻布衬衫和裤子都像包裹着清风，突出了身材的纤细。长长的脖子看起来也很纤细。哎呀，原来纯子喜欢跟那个壮硕老公完全相反的人啊……她正细细打量男人的外表，却听见纯子在旁边小心翼翼地说起了话。

"姨妈……你好像没发现，所以……"

"阿道，"男人弯下身子，轻声说道，"我是博和啊。"

她睁开眼，无数色彩映入眼帘。

红色、淡绿和深绿、褐色、纯粹的蓝、模糊的蓝、灰色，还有跟伊锅那座房子的屋顶一模一样的灰橙色……

道世将那些色彩逐一化作语言，任凭视线的焦点变换。一种色彩变为另一种色彩，众多色彩混合在一起，又变成了一种深邃的色彩。仔细打量那些色彩的轮廓，它们又都含糊不清，乍一看像无数只鸟或无数朵鲜花，再一看又成了一只大鸟，或是一朵花。

打量完墙上的挂毯，道世又仰面朝天，打量起了天花板上的木纹。中间挂着一颗电灯泡，和纸一般质感粗糙的材料卷成圆锥形套在上面。窗外不时吹进一缕清风，带来清凉的声音。

这里是外甥博和的家。

她的思绪还很混乱。昨天她在酒店大堂见到了阔别三十几年的博和，对方早已不是自己记忆中的模样。经历过三十多年的岁月，人当然会变老，但她还是很难相信那竟然是博和。再仔细看，他细长的眉眼和温和的嘴角的确有些青年时期的残影，但他怎么都不像单纯增长了年龄，反倒像是变成了另外一个人，然后在老去的过程中逐渐找回了原先的容颜。

　　她最后一次见到博和，是在伊锅的母亲的葬礼上。那时博和还是个三十几岁的青年，在东京一家纤维公司工作。过了一段时间，不知哪个外甥女对她提起："博和哥辞掉工作，到国外搜集面料了。"在那段漫长的旅行途中，他的父亲去世了。儿子晚来了一天没有赶上葬礼，激怒了他的母亲。当时道世已经返回伊锅，不知道两人说了什么话。但是从那以后，博和就跟家人断绝了联系，可以猜想那是一场决裂的对话。但是姐姐一直没告诉她与博和断绝联系的事情，又过了好久，参加另一场法事时，道世才从外甥女口中得知了这个消息。

　　"姨妈打电话问新西兰的事情时，我就想到这应该是个大好机会。因为哥哥不知什么时候才回日本。"

　　纯子说完这句话时，道世心想："那你为何不早点约我呢？"后来一问，她才知道七年前纯子跟朋友到奥克兰旅行，导游给她们介绍了为当地民间工艺品市场供货的日本创作者，那人竟然就是博和。后来，他们开始秘密联系，纯子每年都在这个时期探望博和，在他家里住上几天。

　　道世坐在酒店附近的海鲜餐厅，听外甥讲述了这三十几年的经历，然后又被纯子拉到他家客房睡了一晚。彼时她早已疲于惊讶，平淡地接受事实并睡了下去，可是一觉醒来，她又陷入了震惊。究竟为什么事情会变成这样？

　　咚、咚，外面传来敲门声，一个女孩子喊了声"道世"。她应了一声，门外又传来一串飞快的英语。道世再应一声，房门开了一条缝，一个戴着丝缎头箍的小女孩把圆圆的小脸伸了进来。晒黑的脸上长出了一点点雀斑，像谁撒了一把蔗糖，看着甚是可爱。道世撑起上半身，她又说了几句话。见她在招手，道世猜测应该是来叫她去吃早饭的。昨天博和在餐厅告诉她，家里住着一个七岁的孩子，是他的同居人与前夫的孩子。他还说了名字，但是道世忘了。小女孩目不转睛地看着她，那双眸子分不清是绿色还是蓝色的，总之格外好看。在日本，那个部分叫黑眼仁，不过在这个眼睛颜色各不相同的国家，道世想不出人们管那叫什么。

她打手势告诉女孩子马上就去，接着换上衣服下了楼。楼下有一张大方桌，一个银色短发的高个子女性正在桌子另一头开果酱。她就是与博和生活在一起的同居人，名叫梅格。因为名字很短，道世记住了。昨天晚上打招呼时，梅格突然走上来搂了她一下，把道世吓了一跳。那种感觉就像被柔韧的柳条轻轻裹了起来。

"早上好。"梅格微笑着说了一句，道世也回了一句"早上好"。博和背对着她们，也回过头来道了早安。刚才的小女孩拿着牛奶走出厨房，含羞带笑地躲在母亲身后。

"睡得还可以吗？请坐吧。"博和拉开了旁边的椅子，"早饭挺简单的。"

桌上摆着形状各异的面包和水果，有的扁，有的圆，有的尖，另外还有火腿、起司和果酱瓶。道世每天早上靠速溶咖啡和卖不出去的饼干应付，眼前这一桌已经是丰盛得如同酒店餐单里蹦出来的美食。

"喝咖啡吗？约达去倒。"

被唤作约达的女孩再次走进厨房，一阵咕咕咚咚的声音后，又捧着一个赭红色马克杯走了回来。道世听出了 sugar 和 milk 这些单词，便摇摇头说了声"no"。咖啡香浓滚烫，滋润了起床后干燥的嗓子。

"房间墙上那块布，是你做的吗？"

道世昨天听博和说，父亲的葬礼结束后，他又四处旅行了一段时间，收集了各地特有的布料。回国后，他又学习了织布技术，曾经织过和服腰带。十五年前，他来到这个国家看望旅途中认识的朋友，最后定居下来，还跟那个朋友结婚了。最开始，他一边当日语导游，一边用羊毛织挂毯，或是制作一些提包和小装饰物，最近这七八年，事业才总算走上了正轨，现在已经拥有一个小店面和展厅。

"啊，你说那块布？嗯，是我织的。那是手织羊毛挂毯，工艺名称叫 Weaving。我平时就卖卖那种艺术品，或是教别人做。"

"那叫什么花纹啊？好漂亮。"

"那是山。"

"是……海那边那座矮山吗？"

"也有那座山，但我织的都是自己见过的山，记忆中的山。阿道家也能看到山吧。"

"哦，是可以看到筑波山。"

"梅格的母亲说，童年看过的山，一辈子都不会忘记。"

"真的吗？我母亲也说过。看来每个国家的山都一样啊。"

"你母亲……伊锅的外婆？"

"嗯，就是你外婆。"

"是吗……我好喜欢那里啊。"

一想到这个马上就要变成爷爷辈的大叔小时候曾在伊锅家中玩耍，一想到那座房子竟已经走过了如此漫长的岁月，道世就感到大脑一阵抽搐，忍不住抓住了餐桌边缘。

"房子已经被我重建过了，不过洗和服的工具还留着。博和君，你要吗？"

"工具……是说熨斗壶，还有那个叫什么来着，撑子之类吗？"

"对，你以前不是很喜欢吗？"

"是很喜欢。其实我一直很想继承外公的店铺，只是没对别人说过。"

"我记得你每年都会帮忙。当时祥子也在。好像一直到我去东京的前一年吧……"

"不对，那年暑假我也去了。后来妈妈说要跟这个家断绝关系，还把祥子带走了。祥子到东京之后，一直哭个不停。"

"怎么会发生那种事？我都不知道。"

"祥子碰到熨斗壶被烫伤了，于是妈妈就说不能再让外公外婆带祥子了。明明是她求外公外婆帮忙带的，简直太任性了。当时阿道应该去我们家住，那样妈妈可能也会冷静一些。"

"听说她去世前温和了不少。"

说完，道世就后悔不该说多余的话。博和垂下了目光。

"我知道发生了很多事，但你还是有点冷漠啊。那毕竟是你亲生母亲，怎么不来参加葬礼呢……虽然我没有孩子，无法理解姐姐的心情。"

"我有约达，也还是无法理解妈妈的心情。"

道世不知如何回答，只好看向窗外。院子另一头有一座陈旧的教会建筑，看着看着，她突然想跑过去做做祈祷。虽然不知道要对谁祈祷什么，但她很想对着昨天在山上看到的遥远彼岸，跪倒在地，缩起身子，一心一意地祈祷。视线回到餐桌，她发现梅格和约达都摆出一副憋笑的表情。博和也察觉到她们的样子，表情随之缓和下来。

"这两个人总说，日语听起来像念咒。"

博和拿起一个苹果嚼了起来，道世也拿起一块面包咬了一口。就在她觉得刚才的话题已经结束时，博和却开口了。

"其实我去医院看过一次。"

"你去看过姐姐？什么时候？"

"去世的大约两周前，纯子带我去的。我也不清楚妈妈有没有认出我来。"

"是吗……"

"我在她床边默默坐了一个小时。"

"姐姐应该很高兴。"

"不，她可能很想吼我。因为她一直盯着我看，可能真的认出我了。可是她嘴巴动不了，只能听见呼吸机的缝隙里透出咝咝声……面对无法回应的人，我真不知说什么好。"

"那你也该说几句话啊，毕竟母子一场，最后应该互相原谅才对。"

"我觉得这跟原不原谅没有关系，只是我们都不够勇敢。特别是我……真是个薄情的儿子啊。"

"是啊。我们这个家族面对什么事情都很淡薄。"

博和含糊地笑了笑，梅格说了句什么，约达也加入了对话。

"她们俩都想去日本看看。上回是我一个人去的……"

"那就来啊，住我家就好。"

"她们想去东京和京都，阿道家太不顺路了。不过我也想再看看那里……"

"那就去看吧。别光跟纯子打交道，再看看祥子和以前的朋友吧。"

博和没有回答，默默地啃了一口苹果。

"我都能来到这么远的地方，博和君一定也能回去啊。我不知道你究竟被说了多少过分的话，可是一直失踪还是不太好。"

"也对啊，是不太好。"

博和又露出了含糊的笑容。半个多世纪前在伊锅家露出寂寞微笑的少年总算与眼前这个步入初老的男人重叠在了一起，道世再次紧紧抓住桌边。大人叫他别总顾着帮忙干活，快去外面玩时，年幼的妹妹命令他重新搓泥丸时，目送母亲独自返回东京时，这孩子总会露出那样的微笑。

"你真的这么讨厌我们吗？"

道世问了一句。博和忍不住笑出声来。

"不是啦。"

"不是吗？"

"我讨厌的是家。"

"家？"

"最开始我想，只要离开家，就不会再痛苦了。我认为，我和妈妈之所以都那么痛苦，并不是因为我们是一家人，而是我们总是摆脱不了家这个东西，无论怎么挣扎，我们都注定在地球上拥有一个家……只要离开家，尽量到远处去，尽量不定居，只要舍弃家这个地方，或许就能暂时获得自由。但是，我并没有获得自由。无论我怎么假装自己是无根之草，都觉得自己虽然逃离了一个家，心中却存在着另一个看不见的家。那个家一直跟着我，或者应该说，我就像寄居蟹一样，一回过身就进入了那个家。我只能在那个家的范围内思考，尽管那个家没有廊柱，没有屋顶，但我只能透过那里的窗户观察这个世界……"

"你说得好复杂啊。我的家就是伊锅那座房子。那里有窗户，什么人都能看见。"

"是啊。"博和笑着说。

"博和君现在不也有一个很棒的家吗？你现在还住在那个看不见的家里？"

"是啊。不过那个看不见的家也会改建。比如窗户变得更大了，可以躺下的空间更多了。"

"能住在那么大的家里，那就没什么可抱怨了。"

随后，话题变成了亲子三人的英语对话。道世一边听他们说话，一边品尝从未吃过的面包，还尝试了切成薄片的火腿。她们说日语听着像念咒，在道世耳中，这三个人的英语则拥有不同的音色。少女的话像木琴，梅格的话像风中摇摆的叶片，博和的话则像沸腾的水。她决定，回日本后要找村田学习英语。每天早上在商店的地台上学十分钟。峰岸先生和长沼先生会不会拿来他们夫人留下的英语教材呢？

"纯子好像来了。"

她回过头，发现一辆计程车停在窗外的路上。她们该去机场了。纯子下了车，抱着一个扁平的布包，朝这边了挥了挥手。

"我还想再坐一会儿呢。"道世嘀咕道。

"那就再坐一会儿吧。"博和说。

"但我马上要坐飞机，飞到更远的地方了。"

门铃响了，梅格走过去开了门。纯子走进来，张开双手，笑容满面地喊了一声"约达"。

"这是给你的礼物。"

约达接过布包，很快便拿到沙发上解开了。

"那是我从日本带来的，觉得给约达正好。"

梅格与博和也都站起身来，走到约达身后看她拆礼物。道世也走了过去。约达的小手打开里面的纸盒时，她与博和都发出了惊讶的声音。

约达把那件红色格子和服贴到胸前，站在镜子边上欣赏了一会儿，然后回过头，说了一句"谢谢"。分不清是绿色还是蓝色的瞳孔在鲜红的格子映衬下，充满了勃勃生机。

我
在
这
里

私
の
家

下了电车，外面已是漆黑的冬夜。

赤城山上吹来的冷风推着站台上的空塑料瓶滚了好几圈。每逢这种北风天，卯月原町的居民都会在天黑前赶紧关上木窗。如果不关紧，风就会带起芋田的细沙，吹过窗户的缝隙，让房子里的地板布满灰尘。当你意识到时，往往为时已晚。很快，每家每户都要拉出吸尘器，收起晾在外面的毛巾和内衣重新洗涤。就算把窗户封得严丝合缝，北风也一定能找到侵入的缝隙，在门楣和书架的缝隙里留下看不见的细沙。第二天早晨，孩子们上学前都要用浸湿的抹布擦掉蒙在木窗上的白色沙尘。卯月原的冬天一直刮风，有时让人感觉这座小镇成了一个巨大的肺，在北风中痛苦地喘息。

梓走出车站，拉起领口，走下连接转盘的台阶。

干燥的风打在眼睛上，隐形眼镜的缝隙里冒出了眼泪。她抬起头，发现区域地图旁边的电话亭里站着一个身穿校服的女生。两人一对上目光，女生的表情顿时亮了起来，打开门大喊一声"妈妈"，然后朝她跑了过来。当然，女生要找的人并不是梓，而是梓身后那个提着百货公司纸袋的中年女性。母女俩依偎着穿过人行横道，向公交车站走去。

梓停下脚步，半边脸埋在围巾里，眺望那两个人的背影。今晚北风猎猎，那个女生却没有穿大衣。校服裙底下露出了套着过膝长袜的双腿，线条格外清晰。梓不禁感叹："她可能是田径队的吧，真好啊。"她并非羡慕女孩的双腿，也不眼红她的田径队活动，而是羡慕她旁边的母亲。刚才女孩呼唤母亲的声音，就像冰凉的苹果汁一样瞬间渗透了全身。梓并不是想马上成为一个母亲，也可能尚未被激发出什么母性本能。她只是感叹，在一个如此寒冷的冬夜，看见那样的小女孩喊着"妈妈"朝自己跑过来，一定会很高兴吧。

母女俩混入人群，再也看不见了。一辆白色本田车朝她开了过来。梓缩着身子，走向一个月前险些撞了自己的那辆车。车里传来解锁的声音。她打开副驾驶席的车门，身穿工服的父亲对她说："回来啦。"

"好冷。"

"是啊，要不要调高暖气？"

"不用，这样就好。"

车绕过转盘，穿过公交车站，进入站前大道。自从上个月那场奇怪的偶遇，这是父女俩第一次单独待在车里。

"面试怎么样？"

"嗯，还行。"

"有希望吗？"

"不知道，可能不行。"

梓一边回答一边想，那个女的也住在东京啊。父亲一个月前把车停在同一个地方，送她离开了。当时她走上台阶回到了东京，而她这个女儿则做了完全相反的行动，从东京下车坐到这个座位上。此时此刻，父亲究竟在想什么呢？他虽然问了暖气，问了面试，说不定心里在想别的事情……不过梓并不在意。不管开车的人在想什么，这辆车都在朝着她的家驶去。

"如果通过了，什么时候开始上班？"

"应该是年后吧，首先要培训。"

"是吗，那就能轻轻松松过年了。"

"嗯。"

"能从家里上班吗？"

"不能。"

"不能啊。"

"嗯，太远了，中间要转车，单程得两个小时。"

前面的车突然亮起刹车灯，停在了路边。"干什么啊？"父亲嘀咕着，降低了车速。超车时看了一眼，只见戴针织帽的司机一手搭在方向盘上，一手举着手机。

两人沉默了一会儿。开到下一个红灯时，父亲自言自语般说道：

"我小时候……

"每次到三重的亲戚家玩，总能见到不认识的老奶奶。她不是亲戚，而是邻居，经常坐在起居室里听广播，吃点心，还帮我亲戚看家，就像在自己家一样。她还跟我们一起吃饭，坐在角落里嚼泡菜。也不知道那究竟是谁。过去还有那种人啊。"

说着说着，那真的变成了自言自语，所以梓没有回话。父亲握着方向盘，似乎独自沉浸在了女儿不知道的往事中。就在他们开过一个绿灯时，父亲总算回到了现实中。"你应聘的是引路的工作吗？"

"不只是引路，还要接很多电话，比如有人在电车里落下东西了，还有投诉什么的。"

"很辛苦吧。"

"我在以前的公司也做这个。"

"是吗？"

"塑料瓶标签上不是总能看见收集标签就能兑换奖品的活动吗，拨通底下的电话号码就能找到我。"

"一般都会咨询什么啊？"

"标签撕破了，找不到标签，或者饮料不好喝之类。"

"有意思吗？"

"说不上有意思，总之接电话必须要快……就像抢答比赛一样，也算挺有意思吧。"

她也可以问父亲的工作有没有意思，但那样显得话太多了，于是就没问。

车子快要开到上回出事的路口了。那天以后，她就没有见过野田。那人有一天突然变得很积极，梓被动地跟他出去玩了几次，最终陷入了有可能被误会为两人正在交往的麻烦关系中。那天她刚对野田说今后别再见面了，就险些被父亲的车撞上。当然，他们没对母亲提起过这件事，也不知该如何说。毕竟他们俩都撞上了让对方尴尬的场面，梓早已决定再也不提那件事。

手机在大衣口袋里振了一下，是母亲发来的消息。梓看了一遍，马上收了起来。旁边的父亲没问什么。车子驶过夜路，绿灯的光芒仿佛被拉成长条。

她回到自己房间，脱下不舒服的面试西装，换上起满了球的毛衣和牛仔裤，然后坐在床上，又看了一遍母亲发的消息。

要保重身体。看不见你我真的很担心。下次再一起吃饭吧。如果有需要，我马上赶过去，随时联系。

她的父母怎么都这么不小心！她已经超越了震惊，感到深深的无奈。这条消息显然不是发给她的。父亲被她撞到跟外面的女人私会，母亲又错把发给外面男人的消息发给了她。对方是体操班的学员吗？公民馆的职员吗？什么保重身体，什么看不见你，莫非对方的健康状况出现问题了吗？

不过这对一副与戏剧性毫无缘分的模样，各自在家里或是躺成一摊，或是缩成一团的父母竟然都有这样的秘密，她对此已经超越了震惊，又超越了无奈，最终只剩单纯的感叹。她本以为父母在这个密闭的空间里只会懒散地睡觉、吃吃喝喝、排泄、积灰、碰撞冷漠的感情，做些一点都不好看的行为，却万万没想到他们也有各自隐藏的心绪。虽说这也是理所当然的，可是当那个模糊的概念化作具体的形态呈现在眼前时，还是让梓感到无所适从。她感觉自己闯进了一个不得了的地方。这到底是怎么回事？究竟出于什么因果循环，才会有一个名为家庭的小团体聚集在这里，或是被带到世上养大，或是生育抚养？这个人为何要给她做饭，为她洗衣？那个人为何要在下班后故意绕远路去接她？

她带着无所适从的感觉走下楼去，发现父亲坐在自己的阵地里看新闻，旁边摆着一个膳台，上面是一大盘腌萝卜，还有晚酌的啤酒。

"吃饭！自己盛！"

梓走进厨房，在电饭煲里盛了自己想吃的量。夏天刚回来时，她抱怨了一次饭"太多"，从下一顿开始，吃饭就变成了自己盛。不过回想起来，上高中时发生过同样的事情（非要追求精确的话，嫌饭多的人其实是当时正在减肥的灯里），家里早已形成自己盛饭的惯例。因为这次重复的经历，她回想起早已忘却的事情。想必，这个家里还有其他淡去又复活的惯例。

"几个芋头？"

母亲站在灶台前看着锅，头也不回地问。梓不用看，凭香气就知道那是炖牛肉。

"芋头……两个吧。"

"孩子他爸！几个芋头！"

母亲又对着锅大喊一声。如果这时有外人，对方肯定听不出那是个问题。不过，父亲还是老老实实地回答了"两个"。

梓盛好饭，交出盘子，母亲从锅里捞了两个芋头，放在盘子边缘，接着又浇了几大勺加了肉和胡萝卜的汤汁，直到完全看不见白米饭。梓愣愣地看着，母亲抬起了疑问的目光。她好像还没发现自己发错了信息。梓有点想告诉她，又不太想告诉她，心情十分复杂。如果她主动说出来，无论怎么选择话语，都像是故意挑衅。如果一句话都不说，可能也不好。不管怎么说，她最大的愿望就是尽量不让这个人，不让自己的母亲蒙羞。对啊，有谁会希望给自己盘子里放滚烫煮芋头的母亲蒙羞呢。

"面试怎么样？"

所有人落座后，母亲先夹了一块腌萝卜，边嚼边说。

"嗯，还可以。"

梓用汤勺切开芋头，浸透汤汁后送进嘴里。又糯又烫的切面接触到口腔上壁，烫得生疼。

"结果什么时候出来？"

"下周。"

"哦，都有什么人去啊？"

"跟我差不多大的人，多数是女性。"

"哦。"

"还有人没穿西装，穿连衣裙。"

"哦？"

"面试官是个女的，感觉很严厉。"

不是有个戴眼镜的人总是坐在图书馆柜台最后面吗，跟那个人有点像……话还没说出来，母亲正在充电的手机就响起了《龙猫》的铃声。母亲放下筷子，歪着上半身拿起翻盖电话，看了一眼屏幕，按了几下按键。梓目不转睛地观察她的侧脸，但她的表情没有任何变化。

"是纯子姐姐。"母亲放下手机继续充电，转而拿起了筷子，"她刚回到家。本来想让姨妈也在姐姐家住一晚，可是她硬要回去，最后一个人回了伊锅。还说过段时间寄礼物过来。"

"她们去了新西兰对吧？道世姨婆可真厉害。"

"就是，我还以为她讨厌旅行呢。"

"姨婆那个年纪的人在经济舱坐好几个小时肯定很不舒服吧，她们坐的是商务舱？"

"怎么可能。"

"早知道我也一起去。我挺喜欢姨婆的。"

"你有钱吗？"

"说有也有，说没有也没有。"

"如果你需要，我免息借给你。"父亲在旁边插嘴道。

"你别这样。"母亲抿紧了嘴唇，"我们说不定啥时候就遇到事了，孩子的生活让他们自己去操心。"

父亲"哼"了一声，难以分辨是肯定抑或否定，然后所有人都不再说话了。三根汤匙忙着切开芋头，让房间里响起了叮叮当当的声音。

那天晚上，梓难得地出去散步了。

山上吹来的风已经平息，冰冷的空气就像凝固的琼脂，唯有她走过时才会产生一丝波动。

夏天如同一片绿叶之海的大和芋田渐渐泛黄，终于在上个月完全枯萎。干枯的褐色藤蔓不知何时被割走了。白天经过那里，还能看出裸露的土壤被分割成一个个方块，但是到了晚上，整片农田看起来就像巨大的方形洞穴。听说部分大和芋会留在土里贮藏一冬，现在下到地里挖一挖，说不定能摸到底下正在冬眠的芋头。她在夏末时鬼使神差挖回家的芋头已经成形，但还非常小。

梓蹲下来，轻触冰冷干燥的土壤。想象到这片土地里可能埋着几百个能吃的芋头，哪怕不属于自己，她也感到无比安心。芋头并非住在土里，只是放在那里。她也想像这些芋头一样，然而这具身体和一直以来养成的种种习惯都早已超出了单纯的存在，形成了居住的形态。回到家这几个月，虽然发生了很多事情，但梓还是感觉自己又在曾经住过的家定居下来了。就像埋在土里的芋头，或是水中的鱼，她也是赤条条地降生在这个世界上。如果真的要找个地方住，梓其实想从零开始造一个自己的家。她要在这个地球的某处造一个可以称之为"我家"的地方，种些芋头，挖个大池塘养鱼。那个家与家人并不相关。她以后有可能组建家庭，但那个家必须是梓一个人的家。小点也可以，总之须是一个牢固的家——比如伊锅的道世姨婆的家。她想要那样的家，想要活着的栖身之处，死后的归宿。

可是，她还不知道该如何造那样的家。她没有建材，没有技术，也没有力量，只能默默感受着指缝间厚实的泥土，不断告诉自己，今后一定要造一个那样的家，像这块芋田一样的家。今后无论多么疲累，多么不幸，只要她一直惦念着这片土地，总有一天会找到属于她的家。她的脚下时刻埋藏着芋头，所以不用担心，无须害怕。

梓挖开又冷又硬的土壤，把手埋了进去。她跪在一片荒凉的农田角落，蜷着身体，像祈祷丰收的古人一样，久久低头不语。

早上起来，父亲已经出门上班，母亲正把洗好的衣服装进篮子里。

昨天睡觉前，梓听见隔壁房间传来一声惊呼，猜测母亲总算发现了。可是，母亲并没有来敲门。她在走廊上道了一声"早安"，母亲也只是应了一声，忙着扯开缠在一起的衣袖和毛巾。

她究竟什么时候才会发现啊？梓坐在被炉旁喝着咖啡，呆呆眺望母亲在窗外晾衣服的身影。母亲穿着一件粉红色羊羔绒外套，材质跟她昨天在休息室等候面试时看见的兔子玩偶的材质很像。当时她觉得那兔子有点眼熟，好像是公司的吉祥物。母亲晾好衣服后，又在外面咔嚓咔嚓地擦了一会儿木窗，然后回到室内，从壁橱里拿出了哑铃。

"妈妈，你想做什么都行，我不会说出去。"

她觉得可以这样说，但是看着不断举起哑铃的母亲，她知道自己无须说那种话。她感觉，自己本来就无法操纵这个人的人生，更没有资格提建议。因为无论自己遇到什么，不管是感冒、迟到、找不到工作还是跟恋人分手，她的母亲都几十年如一日，独自坚持锻炼身体。而且，那不是由弱变强的锻炼，而是漫无边际的锻炼。就像把整整齐齐塞满一箱的骰子一个个拿出来，按照统一的方向重新塞到另一个箱子里，再拿出来塞到另一个箱子里。面对这样的人，即便是女儿，向她这种别说骰子，连箱子都没有的人，又有资格说什么呢？

就在那时，母亲转身说了句话。

"啊？什么？"

"钱。"母亲停下动作，一边调整呼吸一边说话，"昨天不是提到了。你现在有多少存款？"

"多少？嗯……应该不多吧。"她搪塞道。

"几百万？几十万？"母亲突然走到被炉旁，盯着她问。

"比如明天突然出门旅行，或是突然骨折要住院一个月，你会为钱发愁吗？"

"嗯……应该没问题吧……当然要看去什么地方，或者住哪个医院。"

"如果你通过面试又要去东京住，肯定需要一大笔钱交房租和押金吧。够吗？"

"嗯，我的存款应该够。"

"上回我在电视上看到，有人因为缺钱去应聘工资高的兼职，最后发现是给诈骗团伙跑腿。这种事好像很多，你要小心。最近还有谎称送水果，骗你转账的人。有人那么热心送水果，孤单的人肯定很容易受骗吧。坏人脑子里倒是很多坏水。"

"嗯，我没事的。"

"有困难就跟妈说，别去干危险的工作，也别找外面的人借钱。"

母亲放下哑铃，马上伸了个懒腰。羊羔绒外套被带起来，露出了包在秋衣外面的褐色内裤的宽腰头。

"要是没事做就去吸地。"话音刚落，外面就传来了汽车引擎声。转瞬之间，家里只剩梓一个人。

假如她得到那份铁路公司客服中心的工作，就要年内做好搬家准备，以便年后开始培训。然而现在已经是年尾，如果找不到合适的地方住，那她头几个星期就要每天从家里花两个小时上班。不管怎么说，她肯定再也过不上现在这样懒散的生活了。

七月回来后，她已经在家里懒散了将近五个月。而她过完年搬走之后，母亲依旧会每天举哑铃锻炼，父亲则出门上班，回家后来瓶啤酒。可是，他们的生活不会永远持续下去，总有一天会发生改变。想到这里，梓感到浑身冰凉，随即发现自己已经把父母的存在等同于家的存在了。她暂时无法想象父母离去之后，这个家消失之后的生活。但是她可以猜测，那种感觉就像永远失去了一把打开记忆的钥匙。也就是说，那些本来靠父母和这个家维系的记忆，总有一天会变成深藏在她一个人心中的记忆。而她仅剩的那把属于自己的钥匙，可能也会渐渐锈蚀，再也打不开记忆的大门。到时候，她该怎么活？她可能会倒下。虽然不会死，但她可能会扔掉锈蚀的钥匙，颓然倒在芋田裸露的土地上。

她热了个面包卷当早餐，然后打开窗户，开始打扫房子。太阳高挂在天空，可是天空的蔚蓝和墙角花草的每一片叶子，仿佛都浸透了一天将要终结的气息。尽管如此，干冷的空气还是让她感到畅快。

她先用吸尘器打扫了起居室和厨房，然后转移到走廊。就在那时，门铃响了。这种时候怎么会来客人？莫非是邻居来送传阅板了？还是分享什么东西？据说有的人专门靠送水果搞诈骗。

她小心翼翼地打开门，外面那个小个子的女人手上既没有传阅板，也没有水果篮。相反，她牵着一个身穿亮蓝色宽大外套的小男孩。

分孩子？梓脑中闪过奇怪的想法，紧接着扯了扯开衫领口，试图藏起底下的睡衣。

"请问……镝木……"对方后退一步，这样说道。她眯着大眼睛，嘴角有点僵硬。旁边的男孩子也跟他的母亲一样，一副害怕得要哭出来的表情。然而，两人光滑的额头沐浴在朝阳中，与脸上的表情毫不相衬。

"啊……你找我母亲还是父亲？我是他们的女儿。"

对方"啊"了一声，表情稍微柔和下来。"您是女儿啊。"

"我父母都不在家。"

"那个……我找您母亲有点事……"

"你找我母亲？她刚出去工作，大概两个小时后回来。"

　　梓完全想象不到这对茫然若失的母子跟她母亲有什么关系。女人穿着深灰色的西装裙套装，跟她昨天去面试的装扮差不多，但是外套肩宽明显过大，衬得她好像是正在找工作的应届毕业生。旁边的男孩子跟她长得很像，显然是血亲。说不定他们不是母子，而是姐弟。

　　"有什么话需要我转达吗？"

　　"啊，不用了，我只是正好来到这附近……"

　　"不如我打个电话吧？"

　　"真的不用了，毕竟我突然拜访。那个……能麻烦您把这个转交给镝木夫人吗？"

　　女人从包里拿出一个不合时节的紫阳花大信封。那好像是用包装纸手工制作的信封，边角有点歪斜。一条黄色笑脸表情的胶带贴住了封口。

　　"哦，转交这个吗？"

　　"那我告辞了。"女人鞠了一躬，转身正要离开，梓连忙叫住她。

　　"那个，您叫……"

　　"……我姓荻原。不好意思，打扰了。"

　　说完，女人拉着孩子的手，逃也似的离开了。他们好像是骑车来的。梓透过门缝，看着那个母亲把孩子抱上后座，解开车锁后摇摇晃晃地骑走了。直到那一刻她才想起来，夏天快结束时，母亲曾经说过自己在公民馆门前被一个骑自行车带孩子的妈妈撞了。当时她没怎么留意，唯独对荻原这个姓有点印象。记得她是带着孩子做化妆品推销工作的，下雨天也骑车到处跑，而且是姐姐的同学……

梓走过院子，在门口探头看向自行车离开的方向。那对母子已经不见了。她对着太阳看了看信封里的东西。这东西手感又厚又重。既然有人送水果诈骗，说不定也有人突然送钱上门诈骗。为了保险起见，她凑近信封闻了闻，没有钞票的气味，只有好久没闻到过的胶水味。

她先给母亲打了个电话，因为没人接，她又顺便看了一眼昨天收到的误发信息。因为前些天撞见父亲和另外一个女人，她误以为母亲联系的也是异性，不过换个角度看，这也有可能是发给那个年轻妈妈的信息。再说，因为年龄相仿，就把自己的女儿错当成另一个年轻人，这的确是母亲会做的事情。

她回到屋里，把信封放在鞋柜上显眼的位置，紧挨着放钥匙和零碎小物的烟灰缸，以及父亲带回来的那幅画。父亲并没有把画挂起来，只是放在那里，可能一阵风就能吹倒。父亲收了别人的画，母亲收了别人的钱。不去考虑这些礼物的来历和诈骗的可能性，单单想到父母都有别人关心，梓身为女儿就感到放心不少。她感觉，只要还能赠予和得到，人就能保持坚强。

梓就像来到了还原古代生活的博物馆一角，盯着画和信封看了好一会儿，然后继续打扫。她吸完剩下的走廊，然后是洗手间、厕所，最后回到门前，前后推动吸尘器，又盯着那个角落看了一会儿。画上那座山的色彩与紫阳花淡淡的花纹已经变得无比亲密，仿佛容不下梓的加入。就在她要走进"妈妈房"时，突然听见一声巨响。

她暗道糟糕，连忙回过头去，发现吸尘器机身撞到鞋柜，顶上的画随之倒了下来，信封也落在地面上。封口可能没粘好，信封一角的缝隙里露出了疑似钞票的东西。梓犹豫了一会儿，还是轻手轻脚地撕开了笑脸胶带。里面果然是钱。足有二十张一万日元的旧钞票。

她把信封恢复原状，又给母亲打了一次电话。

"好，肩膀幅度要大！"

走廊上铺着煞风景的惨绿色油布地毯，另一头传来了伴随着钢琴声的喊声。

梓从未看过母亲给小孩子上体育课的样子。小时候学校搞教学参观日，她都会兴奋而紧张地等待母亲出现在教室后方。现在她自己走向了教室后方，不禁猜测母亲去看女儿上课时也抱着同样的心情。

充当体操教室的地方正好有一扇人脸大小的窗户。她趴在窗边一看，在一群身穿运动装的老年人中一眼就发现了母亲。她脸上满是汗水，穿着梓经常在外面晾衣竿上看到，却从未见母亲在家穿过的，印了当地银行标志的天蓝色 T 恤。可能因为周围都是老人，母亲显得格外年轻。但与此同时，尽管周围都是老人，她却丝毫不显得鹤立鸡群。他们就像综合天妇罗一样，全都裹上了"衰老"的外衣，显得无比和谐。母亲还不算老太太，顶多算是中年大妈，也正好处在人生的中年，奋力绕着肩膀。

不一会儿，音乐停了下来。做完深呼吸后，老人陆续离开，梓从前门走了进去。不知是因为暖气，还是运动带来的热气，屋里特别暖和。母亲撅着大屁股，蹲在 CD 机前。

"妈妈。"

她喊了一声，母亲转过满是汗水的脸，"哈"了一声。梓早就猜到她会有这个反应，因为在她两只耳朵跟花生米差不多大的婴儿时期，母亲就很喜欢用这个短促的感叹词，如今已经不知听了多少万次。尽管如此，梓还是没受到影响。跟母亲生活了更长时间的父亲和姐姐，也都没受到影响。据她所知，只有上小学时教了她六年的算盘班老师，还有她的母亲，会用那个词表达轻微的惊讶或是不满。

"梓，你怎么来了？"

"没什么。"她回答完，马上责备自己，当然不是没什么呀。

"你也想做体操？"

"妈，刚才家里来了一个女人，让我把这个转交给你。"

她从挎包里拿出信封递过去，母亲毫不犹豫地撕开胶带看了一眼，随即"嗒"了一声，露出苦涩的表情。

"你看过了？"

"啊？"

"你看过里面的东西了？"

"嗯，对不起，不小心看到了。我担心这是什么奇怪的事情……"

"那女的带着孩子吗？"

"嗯，带着一个男孩子，骑自行车来的。"

"唉，为啥干这种事啊。"

"嗯？你说我吗？"

"不，我说她。都说了没关系，她还要硬留下。"

"……那笔钱怎么回事？"

"我私下借给她的。"

"啊，私下？"

"上次不是说了吗，灯里有个同学姓荻原，工作是推销化妆品。那孩子前段时间生病住院了，但是没有医保。"

"啊……"

"我不知道住院要花多少钱，反正肯定不少吧。而且她做了手术，出院后又不能马上工作，没法赚钱。于是我就借给她了。"

"免息？"

"免息。"

"哦……"

"我说这就当是送她的，不用还了。"

"可是我爸……"

"跟你爸没关系，这是我自己的钱。"

母亲提起 CD 机，挎上运动包，哼了一声"让开点"。接着，她大步走出房间，头也不回地穿过了走廊。梓追了上去。母亲走进办公室归还 CD 机，对旁边的女职员说了一句："我女儿。"仿佛把她当成了 CD 机的附件。

母亲要去换衣服，吩咐她坐在大堂坚硬的沙发上等着，几个换好衣服的老人陆陆续续从她眼前走过。他们都裹着深色的厚重大衣，个个缩成一团，没有人像是刚做完运动出了一身汗，仿佛都顶着一副刚刚犯了老毛病的脸，看起来十分虚弱。梓很熟悉那种表情。每次她泡完澡，不经意间看向镜子，都会看到那样的表情。

相反，换好衣服出来的母亲完全没有那种疲态。她穿着离开家时那件黑色羽绒服，系紧的腰带宛如护具，凌乱的头发也整齐梳到了脑后，仿佛正要出门工作。

"肌瘤！"一走出公民馆的自动门，母亲就像听到了起跑枪声，猛然加快脚步。

"啊？"梓追上了每走一步都在母亲身后摇摆的羽绒服下摆。

"她长了子宫肌瘤。"

"啊……你说那个人？"

"到医院看的时候，已经很大了。那东西肯定很痛，她却非要忍着，结果就成了那样。妈妈查了很多资料，年轻女性好像比较容易得那个东西。"

梓想起母亲那次在公民馆旁边的图书馆寻找家庭医学区的资料。那天她手臂上的湿疹看似很严重，实际不到一周就完全消掉了，如今早已不见踪影。

"你也别当成耳旁风，只要有一点不舒服，马上要去看病。"

母亲打开车门，先拉出座椅，然后把运动包扔到了后座。接着，她坐进驾驶席，伸手解开副驾驶席的门锁。梓犹豫了片刻，最后决定把自行车停在这里，坐进了母亲的车。

"我们先去那个人的家一趟。"

"啊？送钱来的那个人吗？"

"没错。把钱还给她。"

"别人都说了不要，你还硬塞是不是有点……"

"跟她一起住的兄长一家很小气，明明是一家人，却因为钱的事情斤斤计较，讨厌得很。"

"那也不用你给她钱啊……"

母亲没有回答，而是瞥了她一眼。梓知道自己惹怒了母亲，便也闭上了嘴。

离开停车场开了一段，前方就是通往住宅区的拐角。母亲没有拐弯，而是沿着县道一路向东，穿过以前儿童会举办夏日祭典的地方，在一个小神社前拐进沿途都是黑色瓦房顶的小巷，又开了一段，突然驶入了一座民房的前庭。这座房子也有黑色瓦房顶，但比左右两侧的房子都大，是座两层木造房屋。今天天气那么好，院子里的晾衣竿却空空如也，只有一双扁平的拖鞋被夹子固定在上面。

"到了。"

无论是开车时还是停车后，母亲都没有一丝犹豫。她将信封塞进口袋，开门走了出去，先按一下门铃，过了十秒左右再按了一次。里面似乎无人应答，于是她走到车前，看了一眼房子与邻居家的墙缝。

"不在家。"母亲摇着头回到车上，"看不见自行车，可能还在外面跑业务。"

"不如打电话给她？"

"打电话通常不会接，因为她在客人家会调成静音。"

"那就发信息……"

"也行，不过我不想太缠人。"

说着，母亲抓起后座的运动包，拿出手机按了起来。梓识趣地移开了目光。按键音响了一会儿，然后停了下来。

"哎——"母亲说，"我把消息发给你了？"

"啊？"

"我好像把消息错发给你了，刚刚才发现。难怪她没回。真是的，你看了？"

"没看啦。"她突然选择了说谎。

"可是这上面显示收件人是你。"

梓没有看母亲递过来的手机画面，继续摇头。

"不是，我没收到。"

母亲依旧朝她举着手机，还凝视着她的脸。

"我手机有时收不到消息，可能通信公司信号不好。"

"哦，还有那种事？"

"嗯，有时会遇到。"

"是吗？那正好。"

梓感到满口苦涩。她不明白，自己这种时候为何要撒谎。昨晚躺在床上，明明已经反复演练过无数次对这个话题的反应，而假装不知从未出现在她的演练范围内。

"不过你看了也无所谓。"

"嗯。"

"算了,还是不发消息了。反正等不到人,我明天再来看看。"

回程,母亲没有原路返回,而是穿到住宅区另一头,走了利根川沿岸那条路。这里的河堤分为上下两层,宛如结婚蛋糕。下层为车道,上层是人行道。顺着这条路朝夕阳一路行驶,不久之后就能看见前方左侧的大和芋田。再往前走,又能看见农田另一头的住宅区,她们要回去的家就在那里。

刚开上河堤,母亲就轻呼一声,把车停在了路边。

"怎么了?"

"在那儿。"

梓顺着母亲的手看过去,发现一辆自行车正从对面车道缓缓靠近。

"就是她,不会搞错。"

自行车渐渐凑近,她看不清骑车人的脸,只看出她穿着一身发灰的衣服,身后不时露出一点鲜艳的蓝,显然是那个小男孩的大衣。她本以为对面的人会一直骑车过来,没想到那人突然放下双腿,接着下了自行车,固定好后轮的撑架,把孩子也抱了下来。梓的第一反应是她认出了母亲的车,想远远避开,不过扔下自行车徒步逃跑未免太奇怪了。她正想着,母亲已经关掉引擎下了车,顺着河堤的斜面径直往上走。见母亲毫不犹豫地选择了距离最短也最陡的路线,梓觉得有点危险,慌忙追了上去。

空中飘浮着大片鱼鳞云，有的地方像细密的鱼鳞，有的地方像撕破的渔网。看着那些云朵，会让人忍不住产生被抛在脑后的淡淡寂寥。就像远离市井嘈杂的老画家随心练笔，在画布上留下充满力量的笔触，突然失去了兴致，出门散心后再也没有回来。

河堤上的母子都背对着她们，抬头凝视天上的云朵。

同时，一个身穿羽绒服的黑色巨大背影迅速向他们走了过去。母亲似乎喊了一声，母子俩同时回过头。那个黑色的背影挡住了他们的脸，梓看不见表情。她听见了说话声，然后停下脚步，留在了能分辨话语的范围之外。

堆满长葱的轻型卡车和高中生的自行车缓缓穿过下方的道路，而上层道路只有他们四个人。梓准备在气氛突然变僵硬时及时上前阻拦。她无法理解母亲非要把钱送出去的热情，但很理解让母亲做出这种极端行为的关爱之心。母亲是个凡事都讲究理性和直率的人，虽然不是拜金主义，但比较偏爱清楚明了、简单易懂的价值和金钱方面的宽裕。

信封先被塞到了荻原沙织手上，然后回到了母亲手上。梓以为母亲还会塞回去，却看到母亲转过身来，对她招了招手。

“这是我女儿梓。”

母亲介绍她的语气，跟刚才在公民馆一模一样。

“刚才打扰你了。”

荻原沙织低头行礼，她旁边的男孩子则皱起了小脸。

“不，母亲承蒙你……”

"哪里哪里，是我承蒙你母亲关照了，真是不好意思……"

"我妈到底怎么关照你了？就算关照了，对我这个女儿点头哈腰也太奇怪了吧。"梓摆出一副含糊的表情，心中暗想。年轻的母亲可能感觉到了她的困惑，露出了同样的表情。那一刻，她脸上突然流露出几分稚气，让梓强烈地感觉到：这个人是姐姐的同学，至少比自己早出生两年。可是从她此时此刻的心情来说，那只是个单纯的事实。她还是认为这是一个坚强的女性。

"小薰，今天很暖和呢。"母亲突然对男孩伸出手，"跟阿姨去散步吧？"

男孩虽然一脸不高兴，还是乖乖拉住了她的手。两人转过身，向自行车的来路走了过去。远处是已经褪了色的粉红色利根川大桥，还有宛如巨人后槽牙的赤城山。荻原沙织微微颔首，跟在了两人后面。梓则跟在她的身后。

"阿姨很喜欢这条路。小薰呢？"

男孩没有回答。但母亲还是大声继续道："这里能看见河，还能看见山，大家都那么悠闲。以前这条路很破，到处都能看到野狗。因为有的人会把小狗扔到河边。"

男孩回过头，向自己的母亲伸出空着的手。她小跑几步，拉住了儿子的手。健硕的身体、矮小的身体和纤细的身体并排走在一起，纤细的母亲对孩子唱起了歌。男孩摇了摇头。健硕的母亲唱起了另一首歌，男孩笑了。那首歌唱的是树叶，梓从未听过。健硕的母亲回头使了个眼色，让她也一起唱。梓摇摇头，母亲立刻转回去，跟着节奏摇晃男孩的小手。

这些人究竟是谁？梓走在后面，暗自疑惑。她觉得自己成了到前面那些人家里玩耍的远亲小孩，却没有被排挤的感觉。因为母亲在笑。那个背影在对她露出笑容。母亲看起来很高兴，甚至很幸福。与母亲手牵手的母子，或许跟梓眼中的母子不太一样。他们可能握着亲生女儿没有的钥匙，与母亲分享着锁孔另一边的世界。她想，如果可以，那就尽情分享吧。如果能让母亲感到高兴，无论是外人、鼹鼠还是青蛙，她这个女儿都无比欢迎。

冰冷的河风拍打着面颊，冷意一直渗透到后槽牙。空中的云依旧保持原来的形状，老画家尚未归来。

下一个瞬间，她突然失去重心。

等她意识到自己踩空时已经晚了。梓滚倒在倾斜的河堤上。情急之下，她一把抓住周围的杂草，勉强停在了斜坡中段，最后还是稳不住身体，又开始慢慢下滑。

"妈呀，你没事吧？"

梓抬起头，发现那三个人停在路边看着她。她好像扭伤了脚，一时半会儿站不起来。

"你这笨孩子，怎么会在啥都没有的地方摔倒了？"

母亲松开男孩的手，弯着腿朝她走来。男孩重新抓住她的手，一起下了斜坡。荻原沙织也拉着男孩的手跟了下来。

这些人究竟是谁？她迎着阳光，眯缝着眼，坐在草丛中等待救援。不一会儿，一只熟悉的手朝她伸了过来。那只手曾经将她从浴缸、地台和院子里的充气泳池中粗鲁地拽起来，那只手又在倾洒着阳光的道路上，再次将重了不少的她拽起来。

白色绢丝般的冬日阳光透过鱼鳞云的缝隙洒落，一年中日照最短的日子即将来临。可是现在，阳光依旧灿烂。鸟儿尚不需要回家，下一场北风尚未吹起。

"嘿呦！嘿呦……"高矮各异的四个人齐声吆喝着爬到了人行道上。

外婆日

私の家

　　相握的手一阵摇晃，一团柔软从掌心抽离。照轻呼一声。掌心里的手指突然像破碎的点心，悄然撒落了。

　　"回来！好好牵着手！"

　　女儿立刻抬手抓住了猛然跑出去的外孙女。仿佛隐藏着翅膀的单薄肩膀被猛禽似的大手牢牢按住，跑走的孩子也被拽了回来，被另一个孩子牵起右手。

　　"好了，另一只手拉着外婆。"

　　照小心翼翼地握住了孩子不愿伸出的左手。那只小手也小心翼翼地握住了她。一度宛如破碎点心的手指，很快就成了长年经受风吹雨打的干硬树枝。

　　"绿色的树，绿叶，蓝色的树，蓝天，黄色的树，黄沙……"

　　另一边的大外孙女如同念经般念念有词，她旁边的女儿祥子则抿着嘴，笔直地看着前方。半长不短的头发勉强束在脑后，散落在后颈的碎发迎风摇摆，裸露的太阳穴一带似乎散发着阵阵敌意。在银行窗口和车站检票口，客人通常会对那些总是低着头的工作人员露出这样的表情。不过现在，女儿面前一个人都没有。只有刚刚修缮过的深灰色柏油步道一直延伸到公园门口。

这是个晴朗的晚秋午后，高远的钻蓝色天空飘着淡淡的云彩。无论性格多扭曲的人，在这种日子也会忍不住像孩子一样外出玩耍。但是对照来说，这样的天气很难忍受。从几年前开始，只要在空气干燥的晴天外出，她就会被阳光刺得眼泪直流，仿佛刚切开一颗洋葱。眼科医生建议她戴墨镜，她转头就去了眼镜店，可是穿西装的年轻店员过度热情，带着她试了一副又一副，最后还对她喊起了"老妈妈"，她就空着手走了。她觉得自己并没有哪怕戴着墨镜也要去的地方。今天若是小鬼们没来，她也打算一整天待在家里看电视打发时间。

昨晚她难得地接到祥子的电话，第二天母女三人就出现了门前。"今天学校放假。"祥子挺着胸脯，露出自信的微笑，就像在选举会场门口接受采访的人，"因为是县民日①。"

手心又传来阵阵蠢动，她力道一松，孩子又跑走了。

"站住！不是说了不行吗？！"

同样的光景再次上演。小手再次回到照的掌心里。她用力握了

---

① 县民日，日本多地县城创立或更名的日子。各地县民日的时间多有不同，多数县城每年会在县民日当天举行大型民间纪念活动。——编者注

一下，小小的手就像虫子一样缩成一团，变得更小更硬了。

"黑色的树，黑夜，白色的树，白昼，灰色的树，灰尘……"

"我们去哪里呀？"七岁的灯里不再喃喃自语，转头问母亲。

"公园。"

"那里有什么？"

"上次不是去过吗？那里有个大滑梯，还有很多锻炼的东西。"

"不记得了。"

"去了就想起来了。"

"那里有蛇形滑梯吗？"

"啊？蛇形滑梯？"

"蛇形滑梯。"

"有吗？"

祥子没有回答。

"外婆，"孩子突然叫了一声，"有吗？"

"嗯……我也不清楚。"

"姐姐，蛇形滑梯长什么样啊？什么颜色的？"

"啊……嗯……"孩子用尖细的声音沉吟许久，最后挺起胸口说，"不知道！"

"如果是蛇形，那应该是绿色的吧？什么形状的呀？"

灯里又沉吟了一会儿。"肯定是弯弯曲曲的。"祥子哼了一声，然后夸张地叹了口气。

道路前方出现一只面团颜色的长毛大狗。两个外孙女突然警惕起来，死死盯着那条狗，似乎很害怕。狗主人注意到孩子的目光，对狗说了句话。祥子下令道："排成一排。"于是祥子、灯里、梓和照手拉着手走成了一条直线，与大狗擦肩而过。之后，四个人又横向散开，灯里继续喃喃自语。

"妈。"她转头一看，女儿皱着眉，露出阴沉的表情。那是乘客站在银行窗口或检票口，对说话不清楚的职员进一步紧逼的表情，"没有那样的滑梯吧？我好像没见过。"

"不知道，去了就知道了。"

"黑色的树，黑夜，白色的树，白昼，灰色的树，灰尘……"

透过公园周围的悬铃木，已经能看到里面的游玩场地了。"好了，到了。"祥子说道。"好了，到了。"灯里完美模仿了母亲的语调。

一到周末，这个公园的游玩场地就会挤满大人小孩，俨然世博会会场。不过今天是工作日，只有不用上学和去幼儿园的小孩子玩耍。小女儿一家来访时，她们一定会到这里玩。因为照很清楚，她住的单人公寓在外孙女眼中没有任何乐趣。

"去玩吧，妈妈和外婆在那边坐坐。"

祥子松开灯里的手，照也松开了梓的手。两人中间的孩子像是离弦的箭，手拉着手跑向颜色鲜艳的游玩道具。

"唉……真是的。"

祥子揉着腰，走到附近空着的长椅上坐下。照难以置信地看着她的背影。这孩子小时候不仅小鼻子小嘴，个子也很小，可是有一天突然疯长起来，初中毕业时已经完全显露出原本丝毫看不出来的魁梧骨架，上高中后更是整天打篮球，没几年就成了体育老师，"气势汹汹"地打开了自己的人生。

两个外孙女已经钻到健身器材底下，一脸认真地挑战摇摇晃晃的吊桥。由于重心不稳，她们每走一步都要弓起身子或是扭着肩膀保持平衡，即使隔了一段距离，也能看出两条小腿在瑟瑟发抖。照看着看着，自己也忍不住绷紧了双腿。地面——不，应该是长椅的靠背突然像蒟蒻一般有了弹力，将她紧绷的身体往回推。

"上周姐姐去我家了。"

照有种不好的预感，便没有说话。

"如果妈同意搬家，她愿意帮忙准备。"

"那个话题已经结束了。"

"不如你再想想？"

"我年纪没有那么大，现在这样正好。"

"如果你不想一起住，她可以在附近找个你喜欢的房子。"

"不用了。无论你们怎么想，我都不会走。"

"现在倒还无所谓……"

"现在无所谓就够了。我自己不同意，你们也没办法吧。"

祥子一言不发地看着母亲。尽管她是自己的孩子，照还是无法从她那张宛如木雕娃娃的脸上看出任何表情，不由得感到毛骨悚然，转而看向健身器材。

外孙女们已经走完了吊桥，正在爬绳子编成的金字塔。一个跟灯里体形相仿的女孩子独自攀附在顶端，右脚牢牢缠住了绳子，左脚却吊在半空，仿佛等待猎物的蜘蛛一般，紧紧盯着下方的姐妹俩。

"那这个话题就不用再说了！"

照转过头，看见女儿毫不遮掩反对的表情，总算松了口气。这才是人类的脸。

"你老公还好吧？"

"嗯，还好。"

"今天在干什么？"

"在工作。他要上班，今天不放假，忙得很。"

"那你呢？"

"忙得团团转。在家里要照顾那两个孩子，在学校要照顾别人家的孩子，还要做饭洗衣服，我都快疯了。"

"可你不是……"（做得很好吗？）话还没说完，就听见灯里大叫一声"妈妈"朝她们跑了过来。梓追在后面，不小心绊到，一头栽倒在地。

"啊，小梓摔跤了。"

祥子站起身，抱起了女儿。灯里坐在长椅空出的位置，笑眯眯地看着被妈妈抱起的妹妹。摔跤的孩子没有哭泣，而是目不转睛地看着地面，仿佛在拼命记忆摔倒那一刻闪过的灵感，任凭母亲帮她拍掉脸上和衣服上的沙土。

"妈妈，这里没有滑梯。"

母亲回来后，灯里对她说。

"是吗？那应该不在这个公园。"

"妈妈去找找呀。"

"滑梯？"

从四个人挤成一团的长椅上就能看见滑梯。刚才玩健身器材的女孩子正坐在上面，神情淡定，丝毫没有往下滑的意思，反倒更像悠闲地坐在美容室沙发上等人给她泡茶。

"那不就是滑梯吗？不过只是一般滑梯，不是蛇形滑梯。"

"所以我要妈妈找另一个滑梯呀。"

"什么另一个？"

"不在这里的另一个滑梯。"

"外婆的公园就是这里呀。"

"不对，还有一个。"

"没有啦。"

两人争论"有"和"没有"时，坐在祥子腿上的梓紧紧盯着滑梯上的少女，仿佛压根听不见母亲和姐姐的声音。滑梯上的少女先伸开双手抓住两旁的扶手，又把手按在一起揉搓，然后再抓住扶手，就像在完成某种仪式。那孩子的家长究竟在哪里？除了照和外孙女，公园里没有一个人在看那个孩子。

"那你去问问外婆吧。妈，我们没去过别的公园吧？"

照听到那句话，一时没反应过来祥子在问什么。

"我们只来过这个公园吧？"

"啊，是的。"她话音刚落，满脸通红的灯里瞪大了双眼，很快又露出失望的神色。

"你瞧，外婆也说没有。哪里有另外一个公园啊。"

灯里坚持说有，眼里还噙满了泪水。祥子叫她别闹了，快去玩，灯里却双手抱在胸前，死也不从。

"那要怎么办？来都来了，不玩岂不是很无聊？要不我们回去？"

"不回去！"灯里发出宣言的瞬间，强烈的感情似乎决了堤，猛地大哭起来。

"哭什么？哭也解决不了问题呀。"

"说不定……"照实在看不下去了，就插嘴道，"我们真的去过另外一个公园。"

她也刚想起来，穿过这个大公园，再往住宅区方向走，的确还有一个小公园。丈夫去世，她刚搬过来时，在散步途中偶然发现了那个地方。可是根据她的记忆，自己既没有带外孙女去过那个公园，也没看见过蛇形滑梯。不过照活过的岁月可能有外孙女的十倍，深知自己可能已经丢掉了几千日的记忆。眼前这个孩子才刚刚开始踏上那几千日的路程，此刻正哭喊着坚持她绝对去过那个地方。照决定将外孙女的话当作预言，而非记忆。

"真的吗？我没去过呀。"

"灯里，"照没有理睬女儿，而是看向外孙女，"我们去看看吧？"

四人从长椅上站起来时，滑梯上的少女已经不见了。一个怀抱幼儿的年轻母亲出现在那里，像埋藏了宝藏的箭头标记一样，缓缓滑了下来。

四人走了快一个小时，别说滑梯，连另外一个公园都没找到。

照凭着模糊的记忆在住宅区穿行，可是无论走到哪里都是大同小异的住宅。虽然找到了她认为是地标的高大公寓，可是她们在周边找了一圈，就是没找到公园。很快，灯里就软绵绵地说"我累了"。祥子从包里拿出菠萝形状的糖果，几乎硬塞到了两个女儿嘴里。附近一户人家的墙边有两块大石，祥子让女儿们坐了上去。

"你说有，怎么没有呢？"灯里摇晃着双腿，小声说道。照向她道了歉。

"你说什么呢？"祥子瞪大眼睛，"明明是灯里硬说有的呀。"

"对不起，不是灯里的错，而是我的错。我记得附近的确还有一个公园，可能记错了。"

就在那时，从对面那户人家走出来一个手持园艺剪的女性，蹲在满是枯枝的花盆前。

"不好意思。"祥子向她走过去，"请问这附近有带滑梯的公园吗？"

对方摇摇头表示不知道。听了那句话，照决定回家。然而带着两个已经抱不动的孩子，走回去恐怕要花成倍的时间。

"你瞧，蛇形滑梯肯定在别的地方。会不会在道世姨婆那里呀？或者纯子姨妈那里？下次我问问她们。"

这下，灯里也乖乖地点头答应了。她的脸上早已没有红晕和泪痕，气哼哼的表情也消失不见，成了面无表情的模样。可能疲劳抵消了所有感情，甚至就像一个技艺高超的魔术师不知不觉间把这孩子的脸偷换成了另一个孩子的脸。

"我们走了好久啊，从这里回家要多久？"

"不知道呢。我一个人花不了多久，要是带着这两个孩子，可能要三十分钟。"

"三十分钟太久了，因为我也好累。不如走到大路上拦计程车吧。"

"那点距离不需要打车啊。"

"我来付钱。带着两个孩子走三十分钟，我实在做不到。"

"走到大路上就快到了。你只要愿意，完全能扛着其中一个走吧。"

"这要是在学校，跳箱和课桌随便扛。可是现在真的不行。"

照平时生活节俭，认为她们这四个人四肢健全，谁也没有摔断骨头，竟要花钱去走本来可以免费走的路，简直太奢侈了。而且现在是工作日白天，她从未在这种时候看到附近有计程车。

"计程车！"她们穿过住宅区的狭窄道路，来到通往车站的大路，祥子向车道探出身子，高高举起了手。下一刻，就有一辆打着空车灯的黑色计程车像忠犬一样摇着尾巴跑向了主人。照觉得不是女儿看见了计程车，而是女儿探出车道大喊了一声，计程车才应声出现。

"这边方向不对，应该没问题吧。请司机掉个头就行。"

祥子带着女儿绕过护栏下到车道，将她们塞进了后座，自己则坐上副驾驶席。铺着白色蕾丝的后座飘出一股车载香水的气味，两个孩子挤在半边座位上，给照空出了另外半边。她正要坐进去，却看见计程车开过来的方向出现了垃圾处理站的白烟。那是她每次出门都会看得出神的烟囱。为了防止自己哪天出门散步时忘了自己是谁和家在哪里，照总是会透过各种房屋空隙死死盯着那个烟囱看上一会儿。她要在大脑最不容易受损的部位留下强烈的印象——只要朝着那个又细又长的白东西走，就能找到家。现在，习惯和目的早已混合在一起，只要烟囱进入视野，照就会忍不住盯着它，宛如被看不见的绳索拉扯着，必须要走到烟囱和后面的家。

"我走路回去。"

"啊？"祥子扭过身子，隔着副驾驶席的座位和后座车窗看着她。

"我走路回去。这么点距离还坐车，太浪费了。"

"哪里会，快坐上来。"

听到女儿冷淡的语气，照忍不住往后缩了缩。她平时站在单杠和跳箱前，肯定也是用这种语气对学生下命令的。

"烟囱就在那里啊。你们坐车先走吧。"

"妈，别这样，快坐上来。"

"这又不是幼儿园春游，不需要大家一起回家吧。反正那么近。"

"妈，求你了，快上来。"

后座的两个孩子也看着照，眼神跟刚才看到大狗时一模一样。照正要抬手关门，突然听见一声"真是的！"，她低头一看，只见祥子捂着脸哭了起来。司机头也不回地问："您上车吗？"

"干什么？不至于哭吧。"

照不情不愿地坐进车里，孩子们更是挤作一团，像烧饼一样贴在窗边。车门自动关闭，计程车开动了。副驾驶席的呜咽很快就平息下来。

司机在第一个拐角右转，然后又转了两次，回到刚才的路上。照透过车窗寻找烟囱。她平时散步不会经过这一带，不过烟囱底下的连绵的房顶和干洗店的招牌有点眼熟。就在那一刻，灵感宛如冰雹一般落了下来。那个公园也许不在她们找了好久的那边，而在这一边呀。屋顶、招牌、蛇形滑梯……包裹着记忆碎片的冰雹纷纷砸向后座，照感到浑身冰冷。她生怕自己稍一动弹就会分解成无数的冰雹，化作计程车座椅上的水痕，然后往下滴落。

一行人下车后，互相隔开一段距离，默不作声地走进了公寓大门。

"对不起。"站在电梯里，照下定决心开了口，"可我更喜欢走路，很少坐计程车。"

"没关系，我也有不好。"祥子凝视着眼前的楼层按钮。

"你突然哭起来，把我吓了一跳。是不是太累了？"

"嗯，有可能。"

"只是走路或者坐车的问题，不需要那么激动。"

祥子抬起头，看着楼层按钮上方的小屏幕，小声说道："上次来还没有这个呢。"

三年前，照买了这个靠近车站的一室一厅的公寓。丈夫去世后，她每天在那个生活了将近四十年的家里痛哭，一直哭到尾七。然后，她开始憎恨世上的一切，尤其憎恨周围闲逛的老人。因为丈夫去世时才六十一岁。他全身赤裸地倒在浴室，微微张着嘴死去了。医生说，可能因为泡澡时间太长，引发了脑部贫血。照猜测，丈夫脚下一滑，脑袋撞到浴缸边缘时，可能会有突然被人掐住了后颈带走的感觉。他本来还能活很久。每次看到比他更不健康、更衰弱的老人若无其事地走在路上，或是在超市里闲逛，照都会感到愤恨不已。她恨不得按住那些人好似旧报纸的肩膀拼命摇晃，质问："你为何能活着？我丈夫明明比你健康多了，你凭什么？"每到夜晚，她泡在害丈夫死去的浴缸里，总是忍不住想，自己可能也早已死去。

一天晚上，照凝视着尚未有任何人泡过的清澈洗澡水，突然决定要离开这里。她想要一个单身年轻人偏爱的，离车站很近的公寓套间。女儿们都强烈反对，说不放心她一个人住，想让她到家里来。可是女儿都有各自的丈夫，虽说是女婿，但她还是无法接受跟不是丈夫的男人一起生活。家中那些保存了回忆的东西，几乎都让大女儿纯子拿走了，现在她住的套间只有外孙女的玩具，还有丈夫的佛龛，以及一个人生活需要的最低限度的物品。

"累死了。"四个人轮流在狭窄的玄关换鞋时，女儿说道，"我们喝茶吧。"

女儿泡茶时，照从厨房架子上拿出两瓶罐装水羊羹。那不是她自己买的，而是住在隔壁的菅野青年上周分给她的。三年前，照搬到这里，分别找左右和上下邻居打了招呼，但只有那个菅野来开门。

他知道照平时一个人住，不时会带些吃的给她。菅野也是单身，总在工作日下午来找她。他说自己"在家办公"，但照猜测那不是什么正经职业。

打开罐子倒向餐盘，水羊羹一下就滑了出来。她切了两刀，插上四根牙签，这时茶也泡好了，四人围坐在桌旁。

"给，吃吧。"

祥子拿起一块羊羹放进嘴里，两个孩子也有样学样。梓面无表情地盯着桌子一角咀嚼羊羹，可是灯里却咕叽一声，把羊羹从嘴里吐了出来。

"哎，太没礼貌了。"

灯里没有理睬母亲，而是举起羊羹，像钓鱼人看着好不容易钓上来的稀罕鱼一样定定地看着。"快吃呀。"母亲又提醒了一句，她才恋恋不舍地把羊羹放进嘴里，含了好一会儿。不过，看到妹妹伸手去拿第二块时，她又急不可耐地嚼了起来。

"这下满足了吧。"吃完羊羹，祥子把两个孩子的手按到茶杯上，"接下来要喝茶。茶是好东西。"

"我把玩偶拿出来吧？"照对两个外孙女问道。

"听到了吗？要外婆拿玩偶吗？"

两人点点头，祥子说："她们想要。"

"你觉得我跟外孙女说话需要翻译吗？"照很想抱怨，但是忍住了，转身走向收纳柜，拽出印着搬家公司商标的纸箱。孩子们围在后面看了一会儿。每年她们生日，照都会送各种玩偶，可是孩子们最后都没拿回家。她想找个时间让她们全都带回去，但又觉得那样有点咄咄逼人，就一直放着没有管。

"要哪个？找自己喜欢的玩吧。"

照回到桌边，用茶水冲散羊羹的甜味，看着孩子们玩了一会儿。两人轮流抓着纸箱里的企鹅、兔子和宝宝玩偶，热心地打了一会儿招呼。"你好呀。""你好呀。"一个孩子拿出了会喵喵叫的小猫，另一个孩子拿出了穿着桃红色和服的女娃娃。这不是照买的礼物，而是过去把祥子寄养在伊锅娘家时，她的母亲用布头做的手指人偶。梓先拿到了手指人偶，灯里一把抢过去套在了手上。梓想抢回来，却被灯里拍了一下。小姑娘并不死心，两人争抢了一会儿，连小人偶的头都快被扯断了。人偶的主人祥子一句话都没说，只是坐在桌边，默默地看着女儿们争抢的人偶。

"手指人偶应该还有一个。"

照看不下去，就站起来从箱底翻出另一个人偶，递给了梓。人偶的脸一模一样，但身上的和服款式不一样。这个人偶穿着红色格子纹的和服。几乎遗忘的久远记忆突然复苏，照感到胸口一紧。不知多少年前，她也为祥子做了这样一身和服。

回想起来，那些年的自己整天躺在房间里，要么大吼大叫，要么痛哭流涕，就像着了魔一样。那种感觉就像孤零零的骰子毫无意义地在没有棋子的游戏盘上打滚，无论如何挣扎，自己的时间都像静止了一样。照从小就聪明伶俐，人人都夸她今后会成为很厉害的女人，而且她也一直努力学习。明明还差一点就能成为老师了，可是有一天，她在食堂碰到一名青年，命运从此发生了改变，等她回过神来，已经被人生抛在了身后。她突然吃不下东西，无法回应丈夫和孩子，白天头晕目眩，夜晚难以入眠。祥子出生那段时间最为痛苦。后来，她经不住父母劝告，把祥子寄养在了娘家。直到现在，她都后悔当时的决定。她觉得，无论多么痛苦，都应该亲手抚养那个孩子。换作现在，人们肯定会告诉她那不是着魔，应该去医院看病。可是当时没有人会说那种话。有时她躺在被窝里，听着丈夫和孩子在隔扇另一头发出鼾声，会忍不住想象就这么独自一人离开家算了。在那样的夜晚，她会坚信一个遥远的、语言不通的，甚至连电都不通的小镇一角存在着只属于她的房间和被褥。她十分笃定，就像看到反射阳光的屋顶就知道今天天晴，看到濡湿的地面就知道今天下雨那样笃定。可是每到最后，她都会感到纷乱的心绪中涌出一丝温情，泪水不受控制地流淌下来，她发誓从明天起要为家人奉献一切。结果呢？女儿从未穿上过那身和服，而坚持要把和服带给女儿的儿子，已经三年音信全无。

照安慰自己："虽然什么事都不顺利，但她真的努力过了。"那段时间，她奋力挣扎，遍体鳞伤，依旧不懈努力，所以才能活到现在。

"我跟纯子姐聊过了。"祥子回到桌边，对她说道，"说要不要出去旅行。"

"旅行？"

"嗯，我家、姐姐家，还有妈妈一起出去旅行。如果想去近点的地方，就去箱根；想走远一点，就去冲绳。"

"怎么突然想去旅行了？"

"我们大家还没有一起旅行过啊。而且因为爸爸去世，妈妈的六十大寿也没好好庆祝过……"

"我不去了，你们去吧。"

祥子握住她放在桌上的手，像哄孩子一样晃了晃。

"偶尔出去一下吧，挺开心的。"

"你爸爸不喜欢旅行，所以我也变得不喜欢了。坐电车还好，坐飞机绝对不行。"

"去箱根应该没问题吧？泡泡温泉，享受享受。"

"箱根啊。以前我们去过你爸爸公司的疗养院。"

"暑假是吧，我还记得。"

"那里的饭菜不怎么好吃。你很害怕那些房间，一直哭个不停。博和迷路了，纯子又因为香烟拼命咳嗽。"

"所以妈妈觉得不开心？"

很开心——她正要这样说，突然感到嗓子冻结了。见她不说话，祥子笑着说："也难怪啊。"她松了口气。

祥子放开母亲的手，轻轻握住空茶杯。照给茶壶添了水，没怎么泡就给她倒了一杯，然后给自己倒了一杯。她喝了一口淡茶，感受舌头和牙齿的温热，觉得那一切都是自己的错觉。祥子真的在旅馆里哭过吗？博和其实一直没离开过她的视线范围吧？纯子可能没有犯病，还高高兴兴地唱着歌吧？

"妈，博和哥联系过你吗？"

"没有。"

"他也没联系过我和姐姐。你说他在哪儿呢？如果一家人去旅行，我希望博和哥也一起去。"

"过段时间自然就回来了。"

"妈，你还在生气？"

"没有生气。"

"那等哥哥回来了，你要对他好一点。"

"好吧。"她面无表情地答应了。可是一想到博和，她就感到喘不过气来。

那天他说要辞掉工作出国，自己应该强烈劝阻才对。她当时对博和说，今后指不定出什么事，求他别到外国去。后来果然没什么好事。因为飞机晚点没赶上他父亲的葬礼，这倒勉强可以原谅。但无法原谅的是，博和竟说是母亲害死了父亲。不，他当然没有说得那么直白，但她觉得就是那个意思。博和只是说："妈妈发现得太晚了吧。"尽管如此，照还是感觉儿子在责怪她。没错，她的确发现得太晚了。但能有什么办法呢？她像平时那样烧好洗澡水，洗好晚饭的餐具，坐在起居室看电视，丈夫却撞到浴缸边上摔死了。事情发生的瞬间，以及之前和之后，她都在做那个时间应该做的事情——她都在经营自己的生活。除此以外，她还能做什么？

"妈，旅行的事情你就考虑考虑吧，我们出钱。"

门铃响了。有一瞬间，她以为博和回来了。他可能听到去温泉旅行，立马赶了回来。怎么不可能呢，因为今天女儿在路边一抬手，就拦到了计程车呀。

然而门外的人并不是博和，而是隔壁的菅野。他手上还拿着半透明的保鲜盒。

"你好。"看到门口散乱的鞋子，青年后退了一步，"今天有客人？"

"嗯，女儿和外孙女来了。"

"啊，那我就不多打扰了。家里寄了点糖煮栗子，你也试试吧。比去年少放了一点糖。"

"啊……那真是谢谢了。我这就去拿东西装。"

"不用了，你直接连盒子收下吧。家里寄了一大包，我还多的是呢。啊，你好。"

照回过头，发现祥子从厨房探出头来。

"这是隔壁的菅野先生，经常带点东西给我吃。今天是糖煮栗子。"

"不好意思，母亲承蒙您关照了。糖煮栗子？听起来很不错啊。"

"都是乡下寄来的，你也试试吧。那我先不打扰了。"菅野正要关门，却被祥子叫住了。

"请等一等——我们正在喝茶，菅野先生也进来坐坐吧？"

听了祥子的话，照比菅野还惊讶。因为她经常在门口与菅野聊天，但是从未请他进过屋。

看到一个年轻男人突然走进来，刚才还在高声玩闹的孩子们骤然安静下来。

"大的叫灯里，小的叫梓。一个上小学一年级，一个还在上幼儿园。"

"你们好。"青年打了声招呼。"你好。"两人几乎用耳语的声音回应道。

"那我们先来试试糖煮栗子？我可喜欢这个了。"照说。

祥子也像变了个人一样，举止突然活泼起来，用体育老师那种不由分说的态度让青年坐了下来。

接着，祥子谁也不问就打开了保鲜盒，用刚才吃水羊羹的牙签戳起浸在糖汁里的栗子，放进嘴里。

"哇，真好吃。这是你母亲自己做的吗？"

"对，她每年秋天都会做很多。"

"你家乡在哪里？"

"长野的松本附近。"

"我们一家人夏天经常到安昙野玩。"

"我老家离安昙野很近。"

孩子们摘掉手指人偶，像碰到猎人的小野猪一样，战战兢兢、慢慢吞吞地凑近桌子。祥子戳了两颗栗子，分别喂给她们。灯里先把栗子含在嘴里，又啪地吐了出来。

"灯里，不是说了不能这样吗？"

"我小时候也经常这样。各种软糖硬糖，先沾上口水再拿出来，就像闪闪发光的宝石一样。"

"就是啊。"照帮腔道，"既没有麻烦到别人，孩子又看得那么出神，你就让她玩吧。"

祥子不回答，而是对青年说："不好意思，请问菅野先生几岁了？有夫人吗？"

"二十八，单身。"

"是吗。我看你显得更年轻呢，可能才二十五左右。"

照心中暗讽，这人一听到自己年纪大不少，就会变成这种语气，仿佛对方不是二十八岁的青年，而是十三岁的初中生。

"今天不是工作日吗，你不用工作？"

"我平时在家工作。"

"在家工作？那是什么工作啊？"

"喂。"照慌忙阻拦道，"别总打听别人的事情。"

"我是体育老师。"祥子毫不在意地继续道，"今天是县民日，所以学校放假。你经常带东西给我母亲吗？"

"菅野先生经常来。"照说。"也不算太常来。"菅野同时说。祥子的目光固定在青年脸上，菅野似乎察觉到她的意图，磕磕绊绊地说起话来。

"呃……也不算常来啦……就是老家总是寄很多东西来……我一个人又消耗不完。"

"我母亲有回礼吗？"

"啊，呃，那个……"菅野涨红了脸，摆手说道，"是我求老太太收下的，不用回礼。"

"那我下次给你带点回礼吧。因为我从来没吃过这么好吃的糖煮栗子。"

"那个……不如我多拿点过来？"

"不用不用，这些就够了。太好吃了。你们说对不对呀？"

孩子们站在桌边，还在依依不舍地嘬着牙签。祥子打开保鲜盒递过去，两人同时伸出了手。

"我们住在埼玉北边，家里周围都是芋田。种的是大和芋，还挺好吃，所以每年也会给母亲寄一些过来。下次我也算上菅野先生那份，请你找母亲要吧。"

"年轻人要你的芋头干什么。"

照斩钉截铁地打断了她的话。结果有了奇效，滔滔不绝的祥子瞬间闭上了嘴。

"不会不会。"菅野的脸越来越红，又连忙摆起了手，"太谢谢了，只要是吃的我都喜欢。"

"芋头不是只能磨成泥拌饭吃吗？"照问。

"我最喜欢芋泥饭了。"祥子向菅野凑了过去，"每天吃都不腻。"

"她每次寄过来，我就得吃一个月的芋泥饭，吃得嘴巴发痒。"

"芋头营养价值高，保存时间长，而且卯月原的大和芋最有名了。"

"磨芋泥的时候手也会痒，要是手碰到奇怪的地方，那就更糟糕了。"

"那我以后再也不寄给妈妈了。"

说完，祥子猛地站起身，走进厕所砰地甩上了门。孩子们面面相觑，放下牙签，默不作声地走向人偶。

"那个，如果你不介意的话，我很愿意收下那些芋头……"

照回答不上来。她感到太丢脸了，甚至想离开自己的房子。过了四五分钟，祥子咚咚咚地从厕所走出来……又挂上了体育老师的表情。

"明天还要上学，我们就先回去了。"祥子对女儿们喊了一声，"快把人偶收起来，对外婆说再见，上个厕所就走吧。"

天还很亮。孩子们匆匆收拾起玩具。"啊，那我也告辞了。"菅野站了起来。

"不，请你多坐一会儿吧。要是突然都走了，心里肯定会觉得空落落的。开会和春游的时候，最好也不要一口气解散，而是三三两两离开。"

祥子让孩子们上了厕所，穿好鞋，然后自己也套上了鞋子。照心慌意乱地站在玄关，不明白今天为何会这样结束，又想不到该如何叫住她们，只能呆呆地看着。

"没忘东西吧？妈，再见了。"

"怎么突然就走了……可以多坐一会儿啊。"

"开车挺累的，万一打瞌睡撞到电线杆怎么办？我们过段时间再来。菅野先生，再见啦。"

祥子牵着两个女儿走了出去。照走到门外，眺望着她们的背影。

"要小心啊。"

她勉强挤出一句话，站在电梯门前的祥子转过了头。只见她拉起两个女儿的手左右摇晃，说了句"外婆拜拜"，然后电梯门开了，再也看不见三人的身影。

回到屋里，菅野就像在休息室等候手术结果的家属，一脸担忧地捧着桌上的茶杯。

照走到他对面坐下，突然又觉得他的表情像刚做完手术的医生。是她自己被切开了。所有肿痛化脓的地方，都被医生看得一清二楚。

"你看到了吧，"照说，"女儿跟外孙女都不喜欢我。"

"不，怎么会……"

"我跟儿子大吵一架，已经好几年没见面了。那好像也是我不好。说不定，我到死都见不到他了。"

"怎么会呢，你们是母子，肯定能见到的。"

"他说我发现得不够及时。可他自己也迟到了呀。刚才离开的那个女儿，心里可能也这么想。"

"啊，是说栗子吗？"

"不是栗子，是我丈夫去世的时候。我发现时，他已经倒在浴室里死了。"

菅野看向照身后的佛龛。他似乎很难想象，自己将来也会遇到类似的命运。照不禁想，如果她不仅讨厌老人，甚至对年轻人都心怀怨恨，那就真的完了。她站起来打开了电视。她极力表现得像平时一样，忘掉女儿和外孙女唐突的离去，并假装这个青年不存在。

画面上映出电视购物的节目。金色平台上放着促销的椅子，椅子仿佛很害怕似的振动不停。抹了粉红色口红的女人说，只要每天在椅子上坐三十分钟，一个月就能减肚子，消除各种赘肉，让身体恢复活力。现在展开一个小时增员促销，请速来电订购。照不禁想象那些被临时招来工作一个小时，然后各自离开的电话客服。希望大家都能平安回到家……回到有人迎接，备好了温热的洗澡水，能够安心入睡的家。

这年冬天，关西发生特大地震，东京遇到了可怕的地铁恐怖袭击，照几乎每天都盯着电视新闻。一天早晨，大女儿打电话问她："搬过来跟我住吧？"那一刻，就像水往低处流一样，她极其自然地做出了决定——就这样吧。接着，她突然开始厌恶电视。她应该倾听的不是电视，而是电话。她说要先考虑考虑，并等待女儿再次打来，可是过了一个星期，女儿还是没有给她打电话。第二天，她主动打给女儿，决心断然拒绝。从那以后，她又开始喜欢看电视了。

"我总觉得……"不知何时，照盯着画面说起了话，"自己摇摆不定。就像四条腿的椅子突然少了三条腿，只能拼命坐在剩下的一条腿上保持平衡。怎么会变成这样呢？我不想被那几个孩子讨厌，我真的很努力。可是他们一出现在我面前，我就再也顾不上那些孩子，满脑子只想着仅剩的椅子腿。"

她听见一阵水声，转头一看，只见菅野往她的空茶杯里倒满了茶。照喝了一口淡而无味的茶水。

喝完茶后，菅野回到了自己家。照关掉电视，在外孙女们刚才玩耍的地方铺上被褥，也不怎么抚平就躺了上去。接着，她拽起陈旧的毛毯盖住脑袋，逼迫自己闭上了眼睛。

醒来时，房间已经一片漆黑。

照躺在黑暗中，思索今后该怎么办。她摸索着找到枕边的闹钟，已经七点多了。如果没有绕路，女儿她们应该早就到了家。可是，照有点担心。现在真的是她们离开那天的晚上七点吗？会不会早已过了好几天，甚至好几年，唯独她一个人被留在了这个七点钟？

她起来上了厕所，收拾好桌上的茶杯和盘子，拿起话筒转动拨号盘。

"嘟、嘟、嘟"，待机声响了起来。照盯着墙上的挂钟。那是她从原来的家里拿来的六角形罗马数字挂钟……她觉得，这个六角形就是自己放掉了所有血液、被制成标本的心脏。但是，这颗心脏还活着。秒针不断发出细微的声响，推动这里的时间向前流淌。

照举着话筒，屏住呼吸凝视秒针。明天早上，她要乘电车去百货公司的包具店，买个便宜又结实的旅行包。

回家路

私の家

孩子们已经迟到了十分钟，还是没有出现。

"我渴了。"

祥子不顾丈夫阻止，走下了车。她早知道女儿会迟到，正因为这样才故意说早了时间，可她们还是迟到了。这让她无比愤慨，感觉遭到了背叛。

现在是六月的午后，再过不久就要迎来梅雨季节。站前广场沐浴在明晃晃的阳光中，每个人都低着头快速走动，试图寻找一丝阴凉。祥子缩起肚子钻过转盘护栏的缝隙，走到台阶旁的自动售货机前买了一瓶宝矿力。"咚"，一声钝响之后，她抓起落下来的饮料，本来只准备润润嗓子，但一口气喝掉了三分之二。她恨不得直接穿到地底抓起女儿们乘坐的电车——如果她用尽全力大吼一声，拼命伸长手臂，说不定真的能做到。但她不想看到外孙女流泪，所以很快打消了那个粗暴的想法。

祥子扔掉空瓶，转身回到车边，稍微低头一看，自己映在副驾驶车窗上的脸与丈夫的脸重叠在了一起，变得宛如幽灵照片。当然，她所在的地方才是活人的世界，但丈夫脸上也露出了唯独活人才有的、疑惑而不安的神情。如果移开自己重叠在上面的脸，又会是什么光景？她很想看看，便再次钻过围栏，走到车头位置。但她还没来得及打量丈夫的脸，就先看到了驾驶席一侧的保险杠上有个凹陷，还有几道划痕。

"这是怎么回事？"

她指着保险杠，正要绕到驾驶席，却听到后面那辆小货车朝她按了一下喇叭。祥子气不打一处来，停下脚步瞪了一眼司机。那人很年轻，看起来就像昨天才从高中毕业。副驾驶席还坐着一个抱着婴儿、同样年轻的女人，也瞪着祥子。

"你以为全世界只有你们可以心烦意乱吗？"祥子很想撬开那年轻一家的车窗，好好说教一番，"你怀里那个小孩子过不了多久就会跟你顶嘴，长得像非洲角马一样大，每次跟父母碰头都迟到，连去参加千叮万嘱不能迟到的法事也要整整迟到十分钟还一个电话都没有，所以你按喇叭警告的对象不是我，而应该是你们那个婴儿。再说，小孩子不是应该放在后座的儿童座椅上保证安全吗？"

那些话在脑中早已排成阵列，随时准备变成炮弹打出去，可是当她回过神来，那辆车已经消失了。"咚！咚！"她听见敲击声回头一看，发现丈夫在招手示意她进去。

"好热。"祥子打开门，重重地坐进副驾驶席，"现在才六月啊。

地球和人类都越来越疯狂了。"

"你最好不要到处瞪别人吧。"

"为什么？明明是他们没礼貌。"

"他这么年轻健壮，万一下车来找事怎么办？"

"好大的胆子。他敢下来我就教训他一顿。"

"人家也有可能不听你说教啊。"

"听不懂话的人不配做人。算了，反正年轻人会变成那样都是因为没碰到好老师，现在谁教育也没用了。他肯定把自己当成了山大王，别人都是敌人的走狗。"

祥子一边发牢骚，一边盯着通往车站的台阶。只要看到女儿，哪怕只是身体的一部分，她都要跳出去大喊："慢死了！"掏出手帕擦完汗，难得抹在脸上的粉底也掉得一干二净，让她更烦躁了。就在那时，一群人出现在车站门口，其中就有身穿黑色连衣裙的外孙女亚由，以及牵着她的手的父亲。片刻之后，两个女儿也走了出来。祥子歪向驾驶席，按了两下喇叭。

"来晚了。"灯里打开后座车门，先把小小的亚由塞进来，接着自己也坐了进来，"好热。"

她的丈夫纪幸也坐进来，推了一把眼镜，低头说道："不好意思，我们迟到了。"

"亚由，你要说什么？"在母亲的催促下，亚由小声说了一句"不好意思"，但是没等她说完，祥子就插嘴道："你让亚由坐在那里，小梓怎么进来？"说完，她拉着亚由，让她坐到了母亲腿上。

梓呆站在外面，见到车里空出座位，便一言不发地坐了进来。

一行人坐上车后，祥子的烦躁也被挤出了车外。啊，太好了，她们真的来了。一股释然涌上胸口，祥子只说了一句"你们好慢"，然后就沉默了。若是别人听到可能会笑话，但是见到两个女儿参加她母亲的一周年忌，还都提前穿好了丧服，她已经心满意足了。毕竟去年尾七时，其中一人竟然穿着便服，脚上还是一双凉鞋，另一个人则连自己的丧服都没有。

"我们出发了。"

没有人回应司机的喃喃，汽车驶离转盘，开向菩提寺。

祥子之所以如此烦躁，既不是因为女儿迟到，也不是因为那个年轻司机。其实她很紧张。

早在昨天纯子姐挂断电话后，祥子就一直很紧张。别人紧张时可能会少说话，或者多说话，也有可能坐立不安，而她则会无比烦躁。刚结婚不久，她就发现了自己的紧张反应。而她丈夫紧张起来则会拉肚子。那次还是婴儿的灯里半夜发烧，两人匆忙赶到医院，丈夫一进门就直奔厕所。她觉得自己的反应已经强多了，只是有时区分烦躁和真正的愤怒很难，让人很伤脑筋。

纯子姐昨天早上打来电话，毫无征兆地说："明天博和哥也来。"祥子当场就问："为什么？"

"什么为什么啊……"纯子说着说着就沉默了。

在祥子眼中，那个兄长早已像是总有一天要去拿回来，但已经不再抱有期待的，遗忘在旅行途中的物品。她是想见他，但见不到也不觉得有什么，只希望他能在什么地方高高兴兴地生活就好。仔细想想，小时候每天都在一起的朋友，现在也成了那样的人。但他们毕竟是兄妹，祥子一直相信，若是真有什么事，彼此一定能感知到。有时停车等红灯时看到跟哥哥有点像的人，或是在电视节目里看到叫博和的角色被杀死，她都会突然心跳加速，想起那个兄长。她偶尔在心中默念："哥哥，你还没死吧？"有时是小时候帮她编草冠、教她做功课的兄长对她说："我还活着。"有时又是父亲葬礼第二天露面的，一脸疲惫的中年兄长告诉她："我还活着。"

现在，那个兄长要带着家人回来了，而且他的妻子和女儿都是新西兰人。

她在心中对话的兄长，始终是少年、青年或中年，从未有过固定的形象。他不像一个人类个体，反倒每次都有不同的形态。只要想起兄长，祥子都觉得自己在一个只播放一部电影的影院进进出出。明天，那个兄长即将带着六十三岁的肉体和精神出现在她面前，她不禁觉得电影银幕上的那些兄长会团团围住真正的兄长，把他也拖到银幕的另一头。她无法想象被南半球的日光晒得黝黑、脖子上挂着闪闪发光的金链、谈笑风生的兄长，反倒更容易想象那些模糊的幻影。

"我一直叫他也见见祥子。"姐姐的声音已经成了耳旁风，"可是哥哥说再过一段时间，让我先别说出来。他也真是的，到底在想什么啊？变得像个神神秘秘的仙人一样……"

"妈妈，听说今天博和舅舅要来？"

灯里的声音把祥子拉回了现实。菩提寺的停车场已经映入眼帘。

"是啊，你怎么知道？"

"昨天姨妈打电话来了。她说她和舅舅一直在新西兰偷偷见面，而且去年道世姨婆也去了。世界真大啊。"

"是啊。"祥子心想，这孩子什么都不懂，"世界就是这么大。"

"不是那个意思，是说舅舅和姨妈走过的世界真大。太惊人了。啊，世界真大。法事用英语怎么说啊？小梓，你查查嘛。"

听了灯里的话，梓拿出手机，动了动拇指，然后拿给她看。"Buddhist memorial service." 灯里用夸张的口音念了出来。

"你们已经不记得舅舅长什么样了吧？"

"一点都不记得。小梓，你也不记得了吧？"

"不记得了。"听到小女儿总算开口说话，祥子回过了头。"梓，你的新工作怎么样？"

"还行。"

"有按时吃饭吗？"

"有啦。"

"下次给你寄芋头。"

"啊，那是不是博和舅舅？"

她顺着灯里的视线看过去，发现停车场通向菩提寺的小径树荫下有几个身穿黑衣的人。远远一看，个子最矮的那个人披着一头橙色长发，特别显眼。

"真的是。那孩子叫什么来着？"

"约达。"祥子昨天反复背熟了那两个名字，"夫人叫梅格。"

"约达和梅格。"灯里打开车窗，用力挥手，"你们好！"

做完法事，他们又预约了去年尾七去过的酒店小宴会厅。

今年多了博和一家与灯里一家，所以四张圆桌的前面两张都摆上了餐巾和餐盘。道世、纯子、祥子、博和、梅格和约达坐在去年他们坐过的那桌，梓、滋彦和灯里一家坐在另一桌。

落座之后，祥子总算能仔细打量博和，不禁有点失望。哥哥果然老了呀。话虽如此，他看起来还是比六十三岁年轻许多。虽然有了一头白发，每次说话眼角的皱纹都会加深，脸上还有些仿佛滴落了咖啡的褐色斑点，但这些老化现象反倒很适合原本就线条纤细的兄长。至少与上次见到的瘦削疲惫的兄长相比，他现在这个样子更健康。

毕竟二十几年没见，本以为重逢的一刻会格外激动，但实际上，他们只是互相问候了一句"好久不见"，然后纯子就提醒法事马上要开始了，令祥子无暇感伤。

如果太久不见，那个停留在心中的形象，无数次与之对话的形象，好像会代替那个人。换言之，祥子对兄长的感情并不属于眼前这个兄长，而属于电影银幕上那些兄长。电影院就是祥子的记忆，所以那种感情最终还是渗透进了祥子内心，自然融入了她对其他事物的感情。他们虽然是亲生兄妹，但仅仅依靠这么多年的记忆和习惯维系着感情。一想到这里，祥子就对这么多年来在路口瞥到的酷似兄长的人，还有电视剧里惨死的博和满怀感激。

"祥子，喝啤酒吗？"

她发现兄长在圆桌另一头看着自己，不禁暗自欣喜。小时候，只要兄长用那样的目光看着自己，一定会提议画邮票、扮忍者这种让小孩子兴奋不已的游戏。"不喝。"自己的声音突然变得很幼稚，就像外孙女亚由的声音。

"我不会喝酒。哥哥呢？"

"我也戒酒了。"

"那就喝乌龙茶吧。"

随后，两名服务员分别给他们倒了饮料，端来前菜。跟去年一样，既不算午饭也不算晚饭的聚餐开始了。

"去年上菜太慢，今年我提前说好了。"纯子说，"我们一家人吃饭特别快，别等一盘吃完，做好就送上来。"

"是啊，去年干等了好久。"

"那样上菜，换作妈妈也会生气。不过今年哥哥来了，亚由也来了，妈妈应该很高兴。"

博和用英语给妻子和女儿翻译了聊天的内容。梅格一头银发，身材高挑，穿着款式简单的黑色乔其纱连衣裙，衬得气质特别好。她女儿约达发色明亮，在阳光下看完全是橙色，有一部分还扎成了细细的麻花辫，每次转头都会摇摇晃晃。

"梅格她们第一次来日本吗？"

"对，第一次来。她们一直很想来看看。"

"这里这么热，她们是不是吓了一跳？今天都超过三十摄氏度了。"

"是啊，因为那边还很冷。明天我们要去京都，那边更热。"

"去京都？很好啊，京都很漂亮。"

"去完京都再去道世姨妈家。"纯子说完，看见正在喝鸡蛋汤的道世抬起了头，"我也想一起去，可以吗，姨妈？"

"我无所谓。"

道世小声说完，继续低头喝汤。她虽然还是寡言少语，但比去年精神了不少，菜一端上来就夹进小盘子里，一点都不落后。

"那哥哥也到我家来吧。现在孩子都不住家里，房间空着呢。道世姨妈那边住不下那么多人吧。当然，只要梅格她们愿意……"

博和忙着翻译时，纯子说："总之下周祥子也到姨妈家来吧。"祥子点头同意了。梅格明白意思后，微笑着说想去，连不太懂英语的祥子也听懂了。梅格握筷子的手指又细又长，指甲却像小孩子一样剪得很深。一想到哥哥的夫人这么漂亮，祥子又忍不住高兴得像孩子一样。

虽然她已经习惯了六十三岁的博和哥，但因为一大家子人的聚餐实在太轻松活跃，随着时间流逝，祥子反而感觉自己脱离了现实，进入了梦的世界。兄妹三人有多少年没像这样亲亲热热地吃饭了？如果这是梦，会不会是母亲去世前做的梦？或是自己早已遗忘的，寄住在伊锅外公外婆家时做的梦？

旁边那桌只有灯里一个人在说话。亚由坐在她旁边，一直往他们这桌张望，于是祥子招了招手。亚由红扑扑的脸蛋上立刻露出了灿烂的笑容，双手高高捧着水果堆成山的杏仁豆腐，迈开小腿走了过来。这不是做梦，这孩子就是现实！祥子心中一阵悸动，张开双臂迎接了外孙女。

"亚由啊，你已经开始吃点心了？"

亚由没有回答，而是抱着玻璃碗，走到外婆和约达中间，一脸认真地舀了一勺杏仁豆腐。见约达呆呆地看着她，祥子便说："亚由，怎么不叫姐姐呀？"

亚由很害羞，一开始还扭扭捏捏，被再三催促后，总算看向旁边的少女，飞快地说了句"姐姐好"。约达也回答了一句"你好"。那个瞬间，两个女孩似乎约定了一起逃离这无聊的聚会。

她们一起离开餐桌，走向摆满饮料的桌子玩耍。大人们都没有阻止。博和说今后会一直住在新西兰，祥子和纯子则决定明年一起去看他。

"妈妈在世时，一次飞机都没坐过。"纯子说道，"她说坐飞机不能中途逃出来，所以不想坐。"

"她本来也不太喜欢旅行呢。"祥子说，"妈妈喜欢一个人待在家里。"

"爸爸去世后，她也不愿意跟我们一起住，说喜欢一个人待着。真不知道为什么。"

"我到现在都不明白妈妈心里在想什么。以前一直想，等我有了孩子，等我年纪大了，应该能理解妈妈的心情……现在我好像理解了，但不知道是不是真的。"

博和坐在另一头，默不作声地听妹妹们交谈。祥子又开始端详他的脸。兄长后退的发际线有点像父亲。现在，他已经活过了父亲去世时的年纪。他的鼻子就像倒置的百合花，跟母亲一模一样。平时她跟姐姐说话，以及照镜子的时候，从未看到过母亲的影子，但是看到兄长老去的面孔，祥子仿佛第一次见到了父母生前没有流露过的表情，以及因为距离过近而无法正确捕捉的表情。

兄妹陷入沉默时，道世与梅格都在享用自己的那份甜点。约达和亚由走了过来，道世便给她们一人一勺地喂。两个小姑娘都很高兴，很快就把甜点吃完了。道世叫住前来收拾残局的服务员，请他再拿一碗杏仁豆腐。

就在那时，纯子说："不过孩子们应该能明白。就算不明白，等这些孩子长大了，有一天一定能明白妈妈的心情。如果还不明白，那就等到这些孩子的孩子，或是下一代孩子，总有一天会明白。因为我们自己发现的心情，说不定是爷爷奶奶，或是爷爷奶奶的爷爷奶奶曾经拥有过，但是得不到理解的心情。"

祥子没有回应，而是心中暗想："最能理解母亲痛苦的人，可能是被母亲生下来，后来又成为母亲的自己。"其实，她曾经想象过许多次，也曾经盼望过许多次。她盼望自己成为一颗小小的种子，扎根在当时的母亲心中，尽情吸收母亲复杂的感情。但是，那颗种子怎么都没能扎下根。祥子感觉到的，只有被隔离在外的痛苦。尽管如此，她还是无法放弃。她相信，总有一天种子会被包裹在土壤中，扎根发芽，结成果实，由母女分享。可是一年又一年过去了，她渴望的土壤里充满了不安、疑虑和内疚，反倒孕育出一片杂草。若不努力拨开那些包含了强烈情感的草丛，就无法真正触碰到底下柔软的土地，触碰到母亲真正的心。

"到头来，我们光是收拾被扔到一旁的心情，已经用尽了全部力气。年轻人可能也有这种感觉。"

纯子看着另一张圆桌说道。灯里依旧在侃侃而谈，她的丈夫，还有滋彦和梓，全都闷不吭声地吃着自己的杏仁豆腐。等她不在了，那两个孩子可能也要在茫茫人生路上迷失。一想到这里，祥子就无比伤感。哪怕弄得遍体鳞伤，她们还是会不断求索。只可惜，在那草木丛生之下，她们"真正的母亲"早已不复存在了。虽说如此，她也来不及按住女儿的肩膀，告诉她们这一切都是白费力气。

聚餐结束后，一行人来到一楼大厅喝茶。

祥子去了一趟厕所，正要走回座位时，在走廊碰到了抱着一个扁平布包的博和。

"厕所在那边拐角。"祥子突然与兄长独处，有点害羞地想走开，却被他叫住了。

"这是给你的。"兄长把布包递给她。那紫色的包袱皮看着有点眼熟。

"这是什么？"

"和服。"

"和服？"

"纯子带到新西兰的和服。"

"哈？这个？那为什么要给我？"

"这本来是祥子的和服。你要看看吗？"

走廊尽头有张小桌子，上面只摆了一个空花瓶。他们把布包放在桌上打开，盒子里是一件红色格子和服。

"我知道这件和服。"祥子惊讶地说，"之前放在道世姨妈那里对不对？梓拿到灯里那边去了，怎么又跑到哥哥手上了？"

"纯子带去新西兰，说要送给约达。约达特别喜欢。"

"但这应该是亚由的……讨厌，难道被随手打发掉了？"

"就是这样。"博和咳了两声，露出苦笑的表情，"你不记得吗？"

"什么？"

"祥子住在伊锅外公家时，我暑假也在那边住。有一年，妈妈从东京带了这件和服给祥子。"

"我怎么不知道？这是妈妈给我做的吗？"

"你还记得有一天我烧坏了客人的和服吗？那天反倒是祥子被骂了……"

"不记得了。发生过那种事吗？"

"本来是我做错了事，大家都以为是祥子捣乱。那天妈妈正好带了这件和服过来，结果特别生气……就想把它带回东京去。但是我把和服抢走了，为了不让别人发现，就连盒子一起藏在小木屋里。"

"……然后它就一直放在那里了？"

"嗯。可是后来妈妈再也不带我去外公家了……所以我一直想着要对祥子道歉，要把和服交给你，整天心慌意乱。老实说，那时我一想起这件事，就特别难受……后来事情一直往后拖，就拖到了现在。真对不起。"

祥子还没从震惊中恢复过来，一直盯着盒子里的和服。如果年幼的自己得到了妈妈送的和服，可能会特别小心地保存起来，然后传给女儿灯里和梓。这样一看，这件被人遗忘了这么多年的小小和服，反倒像时光褪下的空壳。

"我已经穿不了这么可爱的和服了，如果约达喜欢，就送给约达吧。"

"但这始终是祥子的东西。啊，小梓。"

她随着博和的声音回过头去，发现穿着丧服的梓站在不远处。博和说了声"回头见"，转身走向酒店大厅。

"梓也要上厕所？厕所在那边转角。"

"那不是我去年拿来的和服吗？"

梓看见桌上的和服，走了过来。

"嗯。刚才的话你都听到了吗？"

梓摇摇头，伸出食指轻轻触摸和服表面。

"我刚刚才知道，这原来是我的和服。你外婆以前给我做的。"

"啊，真的吗？可它为什么会在这里？"

"这件和服后来去了新西兰。这么小的和服乘飞机跨过了大海，最后又回到这里，你说厉害不厉害？"

"听你这么说，好像和服独自出去旅行了一样。"

听了女儿的话，祥子也有同感。一直沉睡在小木屋里的和服有一天独自醒来，伸了个懒腰，决心踏上旅程。如果有人对她这样说，她可能真的会相信。

"这东西放在我这儿也没用，亚由又不喜欢，就不送给她了。不如你带走吧？将来等你有了女儿，就给她穿上。"

"不用了。"梓合上盖子，"妈，还是你拿走吧。这本来就是你的。"

梓走进厕所，留下祥子独自看着和服。她再次打开盖子，打量着陈旧的布料，感觉和服正在对自己小声倾诉漫长的旅途。祥子弯下身，像倾听病人的心跳一样，脸颊轻轻贴在布料上。"你在干什么呢？"就在那时，丈夫滋彦走了过来。

"这是什么？"

祥子没有回答，而是把和服包回去，管丈夫要了车钥匙，转身走向停车场。

路上，她试着想象五十多年前抱着这个布包来见自己的母亲。那一天，母亲可能也像她现在这样，小心翼翼地捧着布包，走过台阶和房门，生怕磕到碰到了里面的盒子。母亲心里也许希望，那个远离自己的女儿看到和服会开心一些……祥子穿过通往停车场的细长走廊，发现自己也迷失在茫茫的人生中。越是想象，心里就迸发出越多陌生的感情和疑问，其瞬间化作藤蔓缠住自己的双脚，而近在咫尺的母亲的身影则变得越来越遥远。

祥子把布包放在车后座上，自己也坐了进去，想好好回忆自己的人生。闭上眼睛前，她想擦一把汗，却发现放了手帕的提包忘在了刚才的小桌上。她啧了一声，快步返回去，然而小桌上只有一个孤零零的花瓶。她走进大厅，问家人是否看到了提包，所有人都说没看到。

"搞什么啊，难道被偷了？"

祥子走到前台询问。头发整齐梳在脑后的前台职员抱歉地告诉她，没有收到任何失物。

"我就走开了一会儿。那边的走廊尽头不是有张小桌子吗，我把包放在上面，去了一趟停车场，回来就没了。"

前台让她稍等片刻，走进里屋好久都没有出来。祥子等得不耐烦，就独自回到了走廊上。亚由和约达手牵着手，嘻嘻笑着跟在后面。

"你们也帮忙找找，婆婆丢了一个黑色提包。原来放在这上面，不知道去哪儿了。"

包里装着钱包、手帕、纸巾、润喉糖、念珠和家里的钥匙。钱包里有一万多日元，还有攒了好久、很快就能攒够的天妇罗店点卡。对了，还有手机。她这几年很懒，有好多人的联系方式都没抄在地址簿上，一直存在手机里，比如荻原沙织。今年三月，她离开了娘家，带着儿子搬去了新潟，说在一个很大的电脑中心找到了工作，再也不用骑自行车到处跑了。搬家后，荻原沙织给她发了一条消息："我现在很好，宿舍很舒适，薰也很高兴。请你有时间过来玩哦。"她还回复了："我一定去，你要保重身体。"从那以后，两人就再也没联系。现在手机一丢，今后永远都联系不上了。

最后，在大厅喝茶的九个人也全都开始帮祥子寻找提包。

"简直不敢相信，竟然在这种日子丢东西了。"

祥子与道世一组，挨个查看停车场的车辆，边走边叹气。

"怎么会这样？那就是个普通提包啊，打开一看就知道我还在服丧。一般人都知道偷那种东西要遭报应的吧。难道天太热了，人的良心也像冰块一样化没了吗？太气人了。我要报警。这种时候就该报警吧。姨妈，你有手机吗？"

"没有。"

"那我得找人借一部手机。姨妈你先回大厅，我去找人借电话报警。"

道世离开后，祥子先回前台确认了一遍。偷包的人看见包里的东西，可能会良心发现把它放回去。说不定母亲在天之灵突然显灵，猛敲小偷的肩膀让他把女儿的包还回去。

前台还是没有收到她的包。她正要转身去报警，发现一位身穿丧服的小老太太从厕所走了出来。"啊。"祥子忍不住喊了一声。老太太手上的包跟她的包长得很像。

"你好，不好意思。"

老太太转过头，祥子顿时看愣了。这个人化了优雅的淡妆，脸型小巧，中分的白发整齐地绾在脑后，带着一丝紫色的光泽。她一边感叹这真是个好看的老太太，一边盯着她手上的包。对方看着祥子，似乎也有点惊讶。

"请问，那个包——"

祥子看着老太太和包，慢慢走了过去。以前还在学校当老师时，她有一天经过理科准备室门前，发现有个男生想掰掉骨骼模型的手指，也是这样向他走过去的。那次两个女儿从冰箱拿了番茄，想偷偷溜到后院，她也这样在门口逮住了她们。

"是您的吗？"

老太太好像不太理解自己为何被叫住，也有可能耳背听不见。祥子又走近了一些，重新问道："请问那个包是您的吗？就是您手上那个包。"

"啊……"老太太小声应了一句，总算明白她在问什么了。"包？你说……这个包？"

"是的，我也有个这样的包，刚才放在那边，稍微走开一下就不见了。"

"这是我的包……"

"我能看看里面吗？"

祥子自己都觉得这么做很讨人厌，但老太太很干脆地打开了包，还递给祥子看。里面没什么东西，只有一个看着像给小孩子用的小荷包，一把穿着铃铛的钥匙，以及一块叠得整整齐齐的白色手帕。

"啊，真对不起，是我弄错了。您的包跟我那个实在长得太像……我就一时冲动了。"

"没什么，很抱歉让你弄错了。希望你能找到。"

"真的好讨厌，这么偏僻的酒店竟然也有坏人。我稍微走开一下都不安全。唉，我这就去报警。"

"你也是？"

"啊？"

"你也是来……"

祥子又"啊"了一声，她明白老太太想问什么了。

"哦，是的。今天是我母亲的一周年忌日，刚做完法事过来吃饭。现在亲戚们都在帮我找包。"

"我女儿去年……"

祥子心中一惊，忍不住躲开了目光。

"她跟你差不多大，体形也很像，刚才我都吓了一跳。"

"啊，那真是……对不起。我这人一激动起来就比较凶。"

老太太微笑着点了点头，走上通往二楼的自动扶梯。她穿着黑色布面矮跟鞋，就像今早刚买的一样，看不到半点污渍。

祥子的确丢了包，可她现在特别后悔。她后悔自己不该在那一瞬间，不，在要求老太太打开包的那几十秒时间里对她抱有怀疑。那人刚失去了女儿，自己却对她做了那种事，简直太过分了。空荡荡的提包里埋藏着深邃的黑暗，仿佛体现了那位母亲的内心。而她竟被猜疑冲昏了头脑，仅仅因为外形相似就毫不客气地强迫别人打开心扉，她感到无比羞耻。

"妈妈，到处都找过了也没有。还是报警吧。"

背后传来声音。她转过头，是灯里和梓。

"电话借我用用。"

"来啦来啦。"灯里掏出手机问道，"要不我来打？"女儿一副兴奋的模样，仿佛想说"我第一次报警"。但祥子记得很清楚，灯里上初中时，一天放学目击到了汽车与自行车相撞的事故，被另一个汽车的男性喝令"快报警！"，连忙跑到拐角的公共电话打了"110"。那天，祥子表扬她表现得很好，目睹到车祸肯定吓了一跳，还能马上动起来去报警。灯里别扭地说那有什么了不起的，别人叫她去她就去了而已。晚上，祥子还做了许多灯里爱吃的炸鲑鱼。

刚才那位老太太的提包里，那片漆黑的空洞里，除了无尽的悲伤，应该也有这样的记忆碎片，像看不见的沙粒堆积其中。她很希望事实真的如此。祥子接过女儿递来的手机时，险些大声发出祈祷。

纯子的车先开走了。

道世姨妈坐在副驾驶席，博和一家坐在后面。彼此约好"电话联系"，并决定一周后到伊锅那边再聚一次。亚由被父亲抱在怀里，哭着说舍不得约达离开。小姑娘甚至不敢直视朝她挥手的约达，涨红着脸扭开头，趴在父亲的肩膀上。

"走得真干脆啊，看来我们这家人真的很冷淡。博和舅舅也完全没有激动重逢的感觉。"

目送车子开走后，灯里说道。

"好了，我们也回家吧。"

跟来时一样，灯里一家先上了后座。亚由还没被哄好，闹着别扭不愿坐父母腿上，于是梓提出自己走到车站，顺便活动活动身体，事情就这么定了。祥子决定送走女儿一家后去警察岗亭填写失物表格，就把车停在了直通车站的购物商城立体停车场。随后，所有人走到检票口，等待梓到达。可是灯里看了一眼报站屏幕，留下一句"我们家比较远，先坐快车回去了，代我向小梓问好"，然后抱起亚由，领着连连行礼的丈夫，快步走进了检票口。

"真是的，就知道迟到早退。"

祥子气愤地说。滋彦安慰了两句，没多久就被吸引到旁边的物产展区了。祥子则走进旅行代理店的传单架前，拿了不少看似挺有意思的行程单。

大约过了五分钟，梓总算筋疲力尽地出现了，鼻子底下还沁出细细的汗珠。

"姐他们呢？"

"刚才正好有辆快车，就先走了。真冷淡。"

"没什么。"

"要是你不急着回去，可以到家里住一夜啊。"

"嗯，可是我明天跟朋友约好了。下次再来吧。"

"那你路上小心，我们过段时间去看你。"

"你们两个要过来吗？"

"对，你爸也去。"

祥子觉得丈夫和女儿似乎交换了意味深长的目光，瞬间想起老太太提包里的黑暗，忍不住抓住了女儿的手臂。

"你真的要小心。无论做什么工作，都不能太劳累了。"

梓老实地点了点头。祥子松开手，梓留下一句"再见"，也穿过了检票口。

"过几天给你寄芋头，你要吃啊。"

女儿回过头，露出了含羞的笑容。

目送女儿走下楼梯的身影，祥子有点恍若隔世的感觉。刚才带着家人离开的女儿，以及现在独自离开的女儿，曾经都是"我家孩子"，有一个共同的家。可是现在看来，那段日子显得一点都不真实。与此同时，她又感觉自己依旧裹挟在那永无止境的生活中。这两种生活难道再也不可能融汇了吗？如果她现在回家，一边喝茶一边看报纸上的电视预告，还能再听见两声清脆的"我回来啦"，看着孩子们跑过走廊，听见书包里的文具叮当作响，继而听见洗手间传来哗哗的水声吗？她还能再被轻轻晃醒，闻到熨斗壶发出的气味，让外婆帮她擦掉额头上的汗水吗……为何不可呢？祥子兀自点了点头。突然，那些陈旧的记忆化作牢固的横梁和墙壁，如同魔法一般转眼间组成了一座大房子。那座房子特别大，大得能装下她拥有过的所有家。拉开有点卡住的房门和隔扇，就能自由走进所有房间。有的隔扇虽然拉不开，但是房间并不空。把耳朵贴上去，一定能听见许多令人怀念的声音。比如碰倒水杯的声音、药罐沸腾的声音、牙膏沫掉落水槽的声音。

祥子还能感到，那座大房子的窗户被风一一吹开了。她抬起头，瞪大双眼。"这就是我的家啊。"

等电车时，梓呆呆地想："下次回家会是什么时候呢？"

与此同时，她又焦急地盘算着，等回到家——回到她在东京租的十平方米带浴室的小房间后，首先要开窗换气，然后要开空调。她很担心刚买的琴叶榕会因为高温而萎蔫。她无法单纯在一个地方落脚，总是忍不住产生感情，所以她把自己感性的一面托付给了观叶植物。只不过，她也一直惦记着母亲临别时留下的话。一个人生活本就不怎么做饭，如果母亲真的寄来很多芋头，那可怎么办？她拿出手机，开始检索自己从未做过的芋头菜谱。浏览一个又一个页面时，她突然想起，今天母亲提到外婆时，果然又有点生气。如果回家后不怎么累，还是给母亲打个电话吧。因为她一定还有很多话想对母亲说。不过在此之前，要给房间通风换气。

她要打开窗，令自己的房间充满外部的新鲜空气。

纯子含着润喉糖，驾车带兄长一家回到自己家。

在大宫站放下道世姨妈后，博和换到了副驾驶席，此时正头一次对后座的两个人讲起他跟母亲抱着和服，在街巷间穿梭的那个遥远夏日夜晚的故事。他一开始还用英语讲述，途中变成了日语。但梅格与约达都没有说话，在后座彼此依偎着，静静倾听。

道世乘上电车，总算松了一口气。她可以独自待着了。

明天开店后，她有许多有趣的故事说给那三个人听。一个月前，村田的母亲在养老院去世了。峰岸先生不久前确诊了声带息肉，这段时间要跑医院治疗。长沼先生没什么特别大的变化，不过最近别人对他说话，他有时会毫无反应。

"即便如此，也要跟他们聊天。"道世在电车上独自喃喃道。他们几乎从未聊过真正重要的事情。哪怕彼此并不真正了解，只要觉得窗外的光照亮浮尘莫名好看，她也能聊上几句。此时此刻坐在电车上，就算一言不发，只在脑中盘算明天要聊什么，也算是聊天的一环。到了这把年纪，她似乎抽中了聊天对象的上上签。

灯里一家走进车站附近的家庭餐厅，吃了顿简单的晚饭。

她一边戳起淋了甜酱汁的肉饼，一边猜测博和舅舅为何失去音信这么长时间。回家时，亚由想要收银台旁的金鱼玩偶，又闹了一会儿别扭。平时灯里都会把女儿教训一顿，然后拖出门去，但这次为了奖励她参加完法事后一直很乖，就给她买了，说是"外婆送给你的"。天已经黑了，夫妻俩一人一边牵着亚由，走向他们居住的公寓。灯里晃着女儿的手，对她说："你要记住，今天是妈妈的外婆日。"

祥子和滋彦在警察岗亭填好失物表格后，又去购物商城的超市买了晚饭吃的熟食，然后回到车上。

一坐上车，滋彦就说："今天很遭罪啊。"

"什么？"

"你的包。"

"因果循环啊。"

祥子透过车窗凝视回家的路，感到后座莫名空虚。她回过头，座椅上只有那个紫色布包随着车身微微晃动。那是被隐藏并遗忘了许久，后来连连转手，却始终没有被抛弃，还是来到了她手上的，陈旧的家族遗物……

"我听梓说，后面那是和服？"滋彦问道。

"嗯，听说是我妈以前给我做的。"

祥子把兄长说的故事告诉了丈夫。接着，她又说了在伊锅外公外婆家的生活，还有带着年幼的女儿们去东京看望母亲的日子。尽管旁边那个边听边点头的人已经跟她一起生活了三十年，但她还是像对着碰巧同乘一辆车、今后再也不会见面的陌生人一样，毫无保留和算计地说出了自己的故事。她的故事从常年对这个人吐露尖刻话语的口中流淌出来，宛如突然涌出的新鲜泉水，洗净了所有陈旧的伤口。

"会不会是你妈拿走了包？"

等她说完故事，滋彦说道。

"啊？"

"你刚才不是说因果循环吗？说不定是你母亲用和服换走了包。"

祥子苦笑起来。她知道那是个歪理，但觉得格外有道理。自己遭的不是小偷，而是母亲的报应，这反倒更像她人生中会遇到的事情。人生越是不合理，就越显得真实。没有一件事称心如意。所谓生活，就是不断堆积这些不合理的尘埃。这才是她走动、愤怒、欢笑、罹病、康复、呼吸的证据。

"我听说顺手牵羊的人都会拿走钱包，把剩下的东西扔到路边。

说不定过几天就能找到了。"

听着丈夫的声音，祥子突然感到无比疲惫。她猛然醒悟，自己该说的话都说完了。现在她只想停止思考，尽快回到家中，慢悠悠地泡个热水澡。等泡舒服了，就出来吃饭、刷牙，钻进被窝睡觉。

回到家中换下丧服后，她马上这样做了。

夏至将至，她马上要过六十岁生日了。

"我诞生在全年日照时间最长的那天！"这天晚上，她躺在被窝里，又一次想起了每年生日都会浮现在脑中的那句话。明天起床，她要先打开布包，细细打量那件和服，然后拿到阴凉处晾起来。顺便晒晒被褥，洗洗衣服，一口气拔掉拖着没动的庭院杂草。

祥子静静思索着自己的计划，很快陷入了平静的睡眠。天亮前，她做了个梦——自己在外面玩累了，吃饱了肚子回家的梦。

"WATASHI NO IE" by Nanae Aoyama
Copyright © Nanae Aoyama 2019
All rights reserved.
First published in Japan in 2019 by SHUEISHA Inc., Tokyo.

This Simplified Chinese edition published by arrangement with
SHUEISHA Inc., Tokyo in care of Tuttle-Mori Agency, Inc., Tokyo
through Pace Agency Ltd., Jiangsu Province

著作权合同登记号：图字18-2021-119

图书在版编目（CIP）数据

我们的家 /（日）青山七惠著；吕灵芝译. -- 长沙：
湖南文艺出版社，2021.9
ISBN 978-7-5726-0345-7

Ⅰ.①我… Ⅱ.①青… ②吕… Ⅲ.①长篇小说－日本－现代 Ⅳ.①I313.45

中国版本图书馆CIP数据核字（2021）第172017号

上架建议：畅销·日本文学

WOMEN DE JIA
我们的家

作　　者：	[日]青山七惠	
译　　者：	吕灵芝	
出 版 人：	曾赛丰	
责任编辑：	吕苗莉	
监　　制：	邢越超	
策划编辑：	李彩萍	
特约编辑：	张　攀	
版权支持：	金　哲	
营销支持：	文刀刀　周　茜	
封面设计：	Idea Oshima　梁秋晨	
版式设计：	潘雪琴	
封面插画：	Maiko Dake	
内文插画：	视觉中国	
出　　版：	湖南文艺出版社	
	（长沙市雨花区东二环一段508号　邮编：410014）	
网　　址：	www.hnwy.net	
印　　刷：	三河市天润建兴印务有限公司	
经　　销：	新华书店	
开　　本：	880mm×1270mm　1/32	
字　　数：	189千字	
印　　张：	9.25	
版　　次：	2021年9月第1版	
印　　次：	2021年9月第1次印刷	
书　　号：	ISBN 978-7-5726-0345-7	
定　　价：	49.80元	

若有质量问题，请致电质量监督电话：010-59096394
团购电话：010-59320018